매니지
먼트의
제왕

**매니지
먼트의
제왕** 7

초판 1쇄 인쇄일 2018년 1월 17일 ㅣ **초판 1쇄 발행일** 2018년 1월 22일

지은이 펜쇼 ㅣ **펴낸이** 곽동현 ㅣ **담당편집 팀장** 이범수
편집부 신연제 김예리 이윤아 홍현주 김유진 조서영 임소담 정요한 김미경 박수빈

펴낸곳 (주)조은세상 ㅣ **출판등록** 제 2002-23호
주소 경기도 연천군 미산면 청정로 1355
TEL 편집부 02)587-2966 ㅣ FAX 02)587-2922
e-mail bukdu@comics21c.co.kr

펜쇼 © 2017
ISBN 979-11-6171-603-9 ㅣ ISBN 979-11-6171-198-0(set) ㅣ 값 8,000원

매니지먼트의 먼트의 제왕

7

NEO MODERN FANTASY STORY

펜쇼 현대판타지 장편소설

북두
(주)조은세상

펜쇼 현대판타지 장편소설

NEO MODERN FANTASY STORY

CONTENTS

펜쇼 현대판타지 장편소설

NEO MODERN FANTASY STORY

CONTENTS

매니지먼트 제왕

1장. 사람이 아닌 로봇으로 보시는 겁니까?

정 대표가 전한 소식은 아라 엔터테인먼트가 무차별적으로 드라마 작가들을 영입하고 있다는 것이었다.

전화를 끊자마자 정호는 채 작가에게 전화를 걸었다.

채 작가가 밝은 목소리로 전화를 받았다.

"어머, 오 이사! 어제도 전화를 걸어놓고 오늘도 전화를 거는 거야? 무슨 일이에요?"

"별건 아니고…… 제가 한 가지 좋지 못한 소식을 들어서요."

"응, 뭔데요?"

"아라 엔터테인먼트 쪽에서 드라마 작가들을 무차별

7

적으로 영입하고 있답니다."

"정말?"

반응을 보아하니 채 작가는 정말 모르는 일인 모양이었다.

정호는 일단 안심했다.

어느 곳이든 채 작가를 빼앗긴다면 드라마 쪽으로는 걷잡을 수 없는 사태에 놓일 것이 뻔했다.

'다행이다. 지금까지 채 작가와 쌓아온 관계가 경쟁자들이 지레 겁을 먹게 만든 모양이군.'

하지만 정호의 걱정은 이게 전부가 아니었다.

"죄송합니다만, 채 작가님 밑에 있는 보조 작가들한테도 아라 엔터테인먼트의 접촉이 있었는지 물어봐 주실 수 있나요?"

채 작가는 돌아가는 상황을 어느 정도 파악한 모양이었다.

별다른 반문 없이 스마트폰에서 입을 떼며 물었다.

채 작가의 목소리가 멀리 들렸다.

"혹시 누구 아라 엔터테인먼트 쪽에서 연락받은 사람 있어? 요즘 이쪽저쪽 찌르고 다닌다는데?"

잠시 자기들끼리 웅성대는 것 같은 소리가 들렸다.

웅성대는 소리라서 그런지 발음이 불분명했다.

'그래서 뭐? 있는 거야, 없는 거야?'

이런 생각을 하고 있을 때 채 작가의 대답이 돌아왔다.

"이쪽 작업실에는 연락받은 사람이 없는 모양인데?"

정호가 안심했다.

"그렇습니까?"

"네, 걱정하지 않아도 될 것 같아요."

채 작가는 정호를 안심시킨 뒤 말을 이었다.

"이게 그거 맞지? 아라에서 청월을 견제하는 거?"

자기 사람이라고 할 수 있는 인물에게까지 뭔가를 숨기는 건 정호의 스타일이 아니었다.

정호가 순순히 대답했다.

"그런 거 같습니다. 편성된 드라마 숫자에 비해 작가가 귀하다는 점을 노리고 아라 엔터테인먼트가 드라마판을 독점하려는 거 같아요."

채 작가가 걱정이 묻어나는 목소리로 대꾸했다.

"이런…… 오 이사가 걱정이 많겠어……. 이쪽은 걱정하지 말고 잘 대비해요. 알다시피 나는 언제나 오 이사 편이잖아. 난 오 이사가 죽으라면 죽는 시늉까지 하는 그런 작가란 말이야."

솔직히 이런 전화를 건 것만으로도 기분이 나쁠 수도 있는 상황이었는데 채 작가는 오히려 정호를 위로해 주고 있었다.

정호는 채 작가의 그런 마음 씀씀이가 고마웠다.

"감사합니다. 채 작가님께 피해가 안 가도록 확실히 하겠습니다."

"그래요. 내가 도움 줄 일이 있으면 언제든 연락 줘요."

◇ ◆ ◇

채 작가 쪽에 위험이 없다는 사실을 확인한 후 정호는 바로 예중태와 통화를 나눴다.

드라마와 관련된 일이라서 그런지 업계 사람인 정 대표가 더 소식이 빨랐던 모양이었다.

예중태는 아직 아라 엔터테인먼트의 행보를 알지 못했다.

"그게 정말인가요? 알겠습니다. 정보를 모아 보도록 하겠습니다."

그동안 정호는 생각을 정리하기로 했다.

'아라 엔터테인먼트의 공격적인 드라마 작가 영입이라……. 최 대표를 비롯한 3대 소속사가 본격적으로 견제를 시작한 건가?'

아라 엔터테인먼트의 최 대표는 정호도 잘 아는 인물이었다.

이전의 시간에서 한경수가 정호와 최 대표를 놓고 누구와 손을 잡을지 저울질을 했었기 때문이었다.

그리고 결국 이 저울질 끝에 선택된 이는 정호였다.

'내가 더 잘났기 때문이 아니다. 최 대표가 한경수의 선택을 받지 못한 것은 연예계에서 만만찮은 능력과 힘을 보유한 최 대표에게 한경수 본인이 잡아먹힐 것을 두려워했기 때문이야.'

당시 한경수에게 필요한 사람은 더러운 일을 함께하고 뒤통수를 칠 가능성이 낮은 사람이었다.

과거의 정호는 그런 점에서 완벽하게 부합했다.

더러운 수를 써서 청월의 대표 자리를 차지했지만 대기업 회장의 손자인 한경수에게 감히 대적할 만한 배경이나 힘이 없었기 때문이었다.

'이에 반해 최 대표는 더러운 수를 쓸 줄 알지만 동시에 한경수에게 어느 정도 타격을 줄 만한 배경과 힘을 가진 것도 사실이지. 그 배경과 힘이 아니었다면 선택된 것이 내가 아니라 최 대표였을 거다.'

뿐만 아니라 최 대표는 손속이 아주 매서운 자였다.

이전의 시간에서 정호가 성공에 대한 욕망 때문에 더러운 수를 쓰기 시작했다면 최 대표는 엘리트주의라는 타성에 젖어서 더러운 수를 쓰는 스타일이었다.

최 대표는 공고한 자신만의 성을 누군가가 침범하는 것을 무엇보다 싫어하는 사람이었다.

'아마 지금까지의 청월은 최 대표를 비롯한 힛과 큐 입장에서 견제를 할 만한 위치가 아니었을 거다. 팬들 사이에서 4대 소속사라는 별칭을 갖긴 했지만 진짜 4대 소속사에 속하려면 드라마, 영화, 걸 그룹, 보이 그룹 같은 연예계의 모든 분야에서 최상의 성과를 내야 하니까.'

청월이 4대 소속사의 위상을 얻을 수 있었던 핵심은 채 작가의 영입과 밀키웨이의 그래미 어워드 수상이었다.

이 두 가지 일이 벌어지기 전까지 청월의 성장은 그 속도 면에서 주목할 만했지만 딱, 그 정도뿐이었다.

아라, 힛, 큐를 위협할 만한 업적을 거의 내지 못했고 그런 업적을 낼 때에도 아라, 힛, 큐와의 활동 시기는 최대한 피했다.

3대 소속사의 견제를 피하기 위해 윤 대표는 기본적으로 방어적인 태세를 취하도록 직원들에게 주문했는데 그게 통한 것이었다.

윤 대표만이 아니었다.

윤 대표 이전에 청월의 대표였던 손 대표조차도 3대 소속사의 견제를 예방하기 위하여 방어적으로 움직이는 편이었다.

그만큼 3대 소속사의 진입 장벽은 두터웠다.

그리고 그 결과, 청월은 지금까지 3대 소속사의 감시망에서 벗어날 수 있었다.

솔직히 따지자면 청월의 성장이 눈부시긴 했지만 청월

정도의 성과를 내는 소속사들이 여럿 있었기 때문이었다.

하지만 그 소속사들은 3대 소속사 수준의 성과와 지속성을 가지지 못했다.

게다가 짧은 시간에 많은 업적을 이뤄냈다는 사실이 3대 소속사의 입장에서는 더더욱 반짝 성과로 보였을 것이다.

'결과적으로 아라, 힛, 큐의 입장에서 청월의 성장은 우물 안 개구리의 발악 정도로 보였겠지. 아라, 힛, 큐가 두려워하는 것은 오히려 메세나, 케스타 같은 한 방면에서 꾸준히 수준 높은 힘을 쓰는 소속사들이었을 것이다.'

하지만 채 작가의 영입과 밀키웨이의 그래미 어워드 수상으로 상황은 완전히 달라졌다.

청월은 적어도 두 가지 분야에서 지속적으로 영향력을 발휘할 수 있다는 걸 이 두 가지 일로 증명한 셈이었다.

'최 대표 입장에서는 자존심이 상했을 거다. 어느 순간 나타난 청월이라는 소속사가 3대 소속사라는 공고한 성을 무너뜨리려 하고 있으니까. 지금까지 별 반응이 없어서 이번에도 이렇게 무사히 지나가나 싶었는데 결국 이렇게 되는 건가.'

정호는 생각 끝에 3대 소속사와의 정면 대결을 벌이기로 마음을 먹었다.

어차피 아라, 힛, 큐의 감시망을 벗어나는 것은 이제 가능하지 않았다.

벌써 아라 엔터테인먼트의 공격은 시작됐고 청월의 위상은 공공연하게 4대 소속사의 위치까지 올라갔다.

또한 정호는 청월의 부족한 점을 채워 대한민국과 아시아를 벗어나 세계로 나아가기로 다짐을 한 상태였다.

'중태 씨에게 정보를 받는 대로 대표님에게 올라가서 결재를 받아야겠다. 정면 승부를 위해!'

◇　◆　◇

예중태에게 정보를 받아 보니 예상대로 아라 엔터테인먼트는 드라마 편성권을 따내기 위해 공격적으로 드라마 작가를 영입하고 있었다.

아라 엔터테인먼트만이 아니라 힛과 큐도 소극적이지만 드라마 작가들을 영입하는 정황이 포착되면서 상황은 더욱 확실해졌다.

예중태가 정호에게 말했다.

"3대 소속사들의 견제가 시작됐군요. 최 대표가 마음을 먹은 모양입니다."

"다수의 작가를 영입해서 드라마 편성권을 최대한 많이 따내 물량으로 승부한다는 뜻이겠지요."

정호의 말에 예중태가 고개를 끄덕였다.

그러고는 덧붙였다.

"그렇다고 물량만 확보할 생각은 아닐 겁니다. 3대 소속사라는 말이 허명은 아닐 테니까요. 분명 분기별로 투자를 크게 해서 확실히 성공할 만한 드라마도 만들겠지요. 만만찮겠습니다."

"쉽지 않겠지요."

하지만 그렇게 말하는 정호나 예중태의 표정에는 별로 두려워하는 기색이 비치지 않았다.

정호는 상황을 타개할 만한 확실한 방법이 있었기 때문에 그랬고, 예중태는 정호가 상황을 타개하리란 확신이 있었기 때문에 그랬다.

예중태가 궁금하다는 듯 정호에게 물어왔다.

"어떻게 대처하실 생각입니까?"

걱정이 아니었다.

예중태는 그저 어떤 방법으로 정호가 이 상황을 헤쳐 나갈지 순수하게 궁금해하고 있었다.

예중태를 보며 정호가 생각했다.

'이 양반이 진짜……'

결국 참지 못하고 한마디를 했다.

"걱정도 안 되십니까?"

그러자 돌아오는 예중태의 반문이 가관이었다.

"걱정이요? 무슨 걱정이요?"

정호가 이마를 부여잡으며 말했다.

"됐습니다……."

그러고는 이어서 중얼거렸다.

"이 사람들은 정말 나를 사람으로 생각하지 않는 건가……."

정호의 중얼거림을 듣고 예중태가 하하하, 하고 웃으며 말했다.

"오 이사님은 사람이지요. 세계에서 유일하게 예언이 가능한 '예언자' 라는 사람."

예중태의 장난에 정호가 손사래를 쳤다.

"됐습니다. 그냥 말을 맙시다."

정호의 행동에 예중태가 또다시 하하하, 크게 웃음을 터뜨렸다.

◇ ◆ ◇

황당한 일은 여기서 끝이 아니었다.

예중태에게 정보를 받은 정호는 그 즉시 대표실로 올라가 윤 대표를 만났다.

미리 상황에 대한 보고를 받은 윤 대표가 기다렸다는 듯이 정호를 반겼다.

"왔나, 오 이사? 그래, 방법은 찾았지?"

윤 대표의 말투에 정호가 살짝 멈칫했다.

'뭐지? 당연히 방법을 찾아왔을 거라는 느낌의 뉘앙스는…… 내 착각인가?'

예중태와의 일 때문에 자신이 과민한 반응을 보인다고 생각하며 정호가 대답했다.

"예, 방법을 찾았습니다. 하지만 그러기 위해서는 3대 소속사와의 정면 대결은 불가피합니다."

정호의 말에 윤 대표가 고개를 끄덕였다.

"그렇지. 불가피하지."

"뿐만 아니라 3대 소속사와 대적하려면 총력전을 벌여야 할 것 같습니다."

이번에도 윤 대표는 순순히 고개를 끄덕이며 대꾸했다.

"물론이지. 역시 싸움은 총력전이야."

너무 순순히 고개를 끄덕이는 윤 대표로 인해 정호는 다시 한 번 위화감을 느꼈지만 별생각 없이 준비한 얘기를 꺼냈다.

쉽지 않겠지만 열성적으로 의견을 제시하여 꼭 관철시켜야 하는 내용이었다.

정호가 마음을 다잡으며 입을 열었다.

"청월의 모든 직원 및 스태프를 비롯한 배우와 가수까지 드라마 쪽에 심혈을 기울일 수 있게 허락해 주십시오! 나아가 밀키웨이까지!"

그래미 어워드 올해의 앨범상 수상으로 월드 스타의 지위에 오른 밀키웨이까지 드라마 산업에 힘을 싣게 하는 건 회사로서는 큰 손실이 될 수도 있었다.

그렇기 때문에 정호는 윤 대표의 반대가 돌아올 것이라고 생각했다.

'어쩔 수 없다……. 이렇게까지 해서라도 3대 소속사의 견제를 이겨내야 해…….'

하지만 돌아온 대답은 정호의 예상을 훌쩍 뛰어넘는 것이었다.

"좋아! 자네가 하고 싶은 대로 하게, 오 이사!"

너무나 순순히 오케이 사인이 되돌아오자 당황한 건 오히려 정호였다.

"예?"

반문을 하는 정호에게 윤 대표가 웃으며 대꾸했다.

"내가 오 이사를 믿지 않으면 누굴 믿겠나? 지금까지 하던 대로 본인의 역량을 마음껏 발휘하게. 난 자네를 믿어."

정호가 윤 대표를 마주한 채 말했다.

정호의 목소리가 가늘게 떨리고 있었다.

"대표님…… 대표님도 결국 저를 사람이 아닌 로봇으로 보시는 겁니까?"

잠깐 윤 대표는 정호가 하는 말을 알아듣지 못했지만 이내 흐름을 파악하고 허허허, 소리 내 웃었다.

"로봇은 무슨…… 나는 자네를 이렇게 보고 있네."

정호가 기대감을 가지고 되물었다.

"어떻게 말입니까?"

그러자 윤 대표의 장난기 어린 대답이 돌아왔다.

"문화왕."

매니지먼트 제왕

2장. 선점 전쟁

윤 대표의 전폭적인 지지를 약속받은 정호는 바로 채 작가의 작업실이 있는 한남동으로 향했다.

아무래도 작품을 부탁하는 일이다 보니 전화만으로 이야기를 나누는 건 예의가 아니었다.

"어머! 오 이사, 오늘 엄청 바쁘네요? 작업실까지 찾아오고?"

정호가 문 앞에 서서 멋쩍은 듯 웃으며 대답했다.

"하하하, 제가 너무 귀찮게 해드리죠?"

"귀찮긴. 다른 사람도 아닌 오 이사인데. 어서 들어와요."

보조 작가들조차 전부 물리고 정호는 채 작가와 독대를 했다.

종종 이런 경우가 있었기 때문에 보조 작가들은 별생각 없이 정호와 채 작가에게 다과상만 차려주고 방 밖으로 나갔다.

정호는 차를 한 모금 마신 뒤 천천히 말을 골라 꺼냈다.

"아껴둔 두 작품을 꺼내야 할 것 같습니다."

정호의 말에 채 작가가 눈을 동그랗게 떴다.

"이게 그 정도의 일이에요? 아니…… 그 정도의 일이겠지…… 그래도 큰 작품을 두 개나 꺼내다니 조금 당혹스러운데…… 부담스럽기도 하고……."

정호는 고개를 끄덕였다.

확실히 부담스러울 만한 일이었다.

최근 몇 년간 한 해에 많아야 한 작품을 내보내고 있던 채 작가였다.

과거에는 명성과 수익의 증대를 위해 두 작품도 썼지만 지금에 와서는 그럴 필요가 전혀 없었다.

십 억대의 건물을 단번에 현금으로 거래할 수 있을 정도의 부를 얻은 상태이기 때문이었다.

그러다 보니 두 작품을 한 해에 내보내는 위험성을 감수할 필요가 전혀 없었다.

다듬고 다듬어 한 해에 한 작품이면 충분했다.

'하지만 해야 한다. 올해를 압도적인 채 작가의 드라마로 뒤덮을 필요가 있어. 그래야 아라 엔터테인먼트가 꼬리를 내릴 거야. 양으로 이길 수 없다면 질로!'

정호는 다시금 마음을 다잡았고 명확한 이유를 들어 채 작가를 설득했다.

두 시간 후, 결국 채 작가는 정호의 손을 들어줬다.

"프롬 프로덕션을 키울 생각까지 하고 있으니 내가 뭘 어쩌겠어……. 캐스팅이나 확실히 해줘요, 오 이사."

가장 큰 산 중에 하나를 넘었다는 것에 기뻐하며 정호가 대답했다.

"걱정 마세요. 청월의 모든 것이 채 작가님의 드라마에 투자될 겁니다."

◇ ◆ ◇

드라마의 핵심은 작가지만 그만큼 중요한 것이 하나 더 있었다.

그것은 바로 배우였다.

배우라는 요소는 정호에게 아직 남은 하나의 큰 산이었다.

'두 작품의 주연 배우로 누굴 캐스팅해야 할까……'

고려할 경우의 수는 많았다.

우선 주연급 배우를 청월의 배우만으로 쓰는 경우와 그렇지 않는 경우가 있었다.

다행히 이 부분은 깊게 고민할 필요가 없었다.

'주연급 배우는 무조건 청월의 배우들로 간다. 청월의 드라마가 압도적으로 성공했다는 느낌을 주는 게 중요해. 다만 조연급 배우까지 모두 청월의 배우로 채우는 건 욕심이다.'

청월에 소속된 주연급 배우는 총 여섯 명이었다.

우선 남자 배우는 박태식, 조준환, 백민후, 차수준이 있었다.

다행히 이번에 들어갈 드라마는 메인 주연과 서브 주연이 각각 남녀 두 명씩인 드라마였다.

청월의 주연급 남자 배우가 넷이기 때문에 두 작품의 모든 주연급 배우를 청월의 배우로 캐스팅할 수 있었다.

하지만 여자 배우는 강여운과 지해른뿐이었다.

과거 주연급 배우로 활약하던 정서정이나 주연급 배우만큼의 존재감을 뽐내는 슈퍼 조연 임지연이 있었지만, 이 둘을 주연급 배우로 활용하기에는 문제가 많았다.

'명성의 문제가 아니다. 두 작품의 배역에서 두 사람이 지금껏 쌓아온 이미지와 너무나도 멀어.'

넣으려면 어떻게든 넣을 수도 있겠지만 굳이 그런 위험을 감수할 필요는 없었다.

정호는 두 명의 서브 주연은 다른 소속사의 배우로 캐스팅하기로 마음을 먹었다.

〈신사의 품위〉를 함께하며 좋은 관계를 쌓은 메세나의 배우들과 접촉하면 괜찮을 것 같았다.

배우 전문 소속사로 이름을 날리고 있는 메세나의 배우라면 언제나 믿을 만했다.

다음으로 고려할 경우의 수는 '주연급 배우를 어떻게 분배하는가?' 였다.

두 작품 중 한 작품에 청월의 전력을 다하는 방법과 두 작품 모두에 균형감 있게 캐스팅을 진행하는 방법이 있었다.

'굳이 전자를 고를 필요는 없다. 이미 채 작가의 작품이라는 것만으로도 흥행은 따 놓은 당상이야. 흥행의 크기는 배우가 아닌 다른 요소로 채운다.'

정호는 그렇게 균형감 있는 캐스팅을 선택했다.

두 작품 모두를 성공시킬 자신이 정호에게 있었다.

하지만 고민할 거리는 이게 다가 아니었다.

균형감 있는 캐스팅을 선택해도 어떻게 배우를 나눌 것인가의 문제가 남아 있었다.

'이 부분은 혼자 정하는 것보다 드라마 제작에 힘을 써 줄 정 대표님을 만나서 상의하는 게 좋겠다. 다양한 가능성을 검토하고 최선의 수를 찾는 것이 중요하니깐.'

잠시 후, 정 대표를 만난 정호는 대충 가닥을 잡았다.

정 대표가 정호에게 물었다.

"이렇게 하면 되지 않을까?"

정호가 고개를 끄덕였다.

"좋습니다."

그건 강여운, 조준환, 차수준을 한 작품에 묶고 지해른,
박태식, 백민후, 정서정, 임지연을 다른 한 작품에 묶는 방
식이었다.

◇ ◆ ◇

먼저 제작 및 방영이 확정된 것은 〈비밀의 화원〉이라는
작품이었다.

채 작가의 두 작품 중 상대적으로 스케일이 작은 작품이
기 때문에 내려진 결정이었다.

'하지만 그렇다고 해서 수준이 떨어지는 건 아니다. 오
히려 채 작가가 오랫동안 아껴온 만큼 채 작가의 어떤 명작
과 비교해도 손색이 없을 정도지. 지해른, 박태식, 백민후,
정서정, 임지연이라는 막강 화력이 제대로 발휘될 드라마
야.'

특히 정호가 기대하고 있는 것은 드라마의 핵심 내용이라
고 할 수 있는 주연 두 사람의 영혼이 바뀌는 부분이었다.

〈추격의 도시〉에서 형사와 살인자로 쫓기고 쫓는 입장에 있던 지해른과 박태식이었다.

그런 두 사람이 예능과 사석에서 환상 케미를 보여주자 그 모습은 연일 화제가 됐었다.

이번 드라마 〈비밀의 화원〉에서 두 사람이 호흡을 맞춘 다는 사실이 알려지면, 시작부터 큰 이목을 집중시킬 것이 분명했다.

'그만큼 위험성이 있는 것도 사실이지. 시청자 입장에 서는 아직 지해른과 박태식이 쫓기고 쫓는 입장에 있다는 이미지가 뇌리에 강하게 박혀 있을 테니깐. 하지만 그 부 분을 넘어설 수만 있다면 〈비밀의 화원〉은 높이 날아오를 거다.'

정호는 두 사람이 잘해낼 거라고 생각했다.

연기에 있어서만큼은 두 사람을 따를 자가 없었기 때문 이었다.

그렇게 생각을 정리하며 정호가 정 대표에게 물었다.

"〈비밀의 화원〉 편성은 어떻게 될 것 같습니까?"

정호의 질문에 정 대표가 곤란하다는 표정을 지었다.

"그게 쉽지가 않아……. 가능하면 공중파 쪽으로 잡아보 려고 노력했는데, 이미 내년 전반기와 후반기 공중파 편성 자리는 이미 꽉 찼어……."

정 대표의 말에 정호가 놀랐다.

아라 엔터테인먼트의 실행력이 생각한 것보다도 굉장히 빨랐기 때문이었다.

"아무리 공격적으로 작가들을 영입한다고 해도 그렇지, 공중파 편성 자리를 전부 따내는 게 말이 돼요?"

"아라만이 아니라 힛과 큐도 대놓고 나서고 있는 상황이니깐…… 그리고 조금 무차별적으로 드라마를 찍어내고 있는 거 같아. 드라마를 성공시키는 것보다는 드라마 시장을 장악하는 데 초점을 맞췄다고 해야 할까……?"

정 대표가 하는 말을 알아듣고 정호가 고개를 끄덕였다.

생각한 것보다 견제의 강도가 높았지만 방법이 없는 건 아니었다.

"케이블 쪽은요? 그쪽은 편성이 좀 어때요?"

"사실 그쪽도 좋은 시간을 따내는 건 쉽지 않은데…… 그래도 좀 나은 편이야. 잘 비비면 편성 하나 가져오는 건 문제도 아니야."

확실히 그 정도는 프롬 프로덕션에게 문제가 아니었다.

그동안 드라마 제작사로서 꾸준히 성장을 해왔기 때문이었다.

게다가 원래 수완이 좋은 정 대표이니 케이블 편성을 가져오는 건 어렵지 않을 것이 확실했다.

"그럼 케이블로 가죠."

정호의 말에 정 대표가 놀랐다.

"괜찮겠어? 아무리 그래도 채 작가님의 작품인데……."

"채 작가님의 작품이니깐 케이블로 가는 겁니다. 어느 곳에 방영이 돼도 채 작가님의 〈비밀의 화원〉은 전반기를 풍미할 테니까요."

신중하던 정 대표도 고개를 끄덕일 수밖에 없었다.

〈비밀의 화원〉의 대본은 정 대표도 읽어본 상태였다.

그리고 〈비밀의 화원〉은 정 대표가 보기에도 무조건 되는 작품이었다.

게다가 캐스팅된 지해른과 박태식의 환상 케미가 〈비밀의 화원〉을 엄청난 흥행으로 이끌 것이 분명했다.

"알겠어. 케이블 방송국 쪽에 접촉해볼게. 어디가 좋을까?"

정호는 고민할 것도 없다는 듯 대답했다.

"tvM으로 해주세요. 좋은 연출가를 따라가야죠."

◇ ◆ ◇

접근성 때문에 공중파 방송보다 시청률이 낮게 나오는 케이블 방송이었지만 그렇다고 해서 좋은 연출가가 없는 것은 아니었다.

특히 tvM에는 이전의 시간에서부터 정호가 늘 탐내던 연출가가 한 사람 있었다.

바로 〈대답하라〉 시리즈로 유명한 신 PD였다.

복고 열풍에 힘입어 최초로 시작된 〈대답하라〉 시리즈는 〈대답하라 1997〉의 방송 이래로 〈대답하라 1994〉, 〈대답하라 1988〉를 거치면서 '국민 시리즈 드라마'로 확실한 위치를 선점한 상태였다.

드라마의 소재도 소재지만, 시대의 세밀하고 소소한 부분을 잘 캐치하여 적절하게 엮어낼 줄 아는 신 PD의 연출력이 가미되었기에 확보할 수 있었던 위치였다.

'신 PD만 데려올 수 있다면 모든 게 끝이 난다. 마침 올해에는 〈대답하라〉 시리즈가 방영될 예정이 없어. 이 기회를 잘 활용해야 해.'

신 PD라면 공중파의 어느 PD와 붙어도 승산이 높아졌다.

영혼이 바뀐다는 점에서 판타지적 요소가 중요하게 느껴지지만 〈비밀의 화원〉의 핵심은 몸이 바뀐 후에 일어나는 세밀하고 소소한 에피소드에 있었다.

이 부분을 잘못 표현할 경우 드라마가 전체적으로 무너질 수 있기 때문에 신 PD만 한 적임자가 없었다.

문제는 다른 소속사에서도 이런 사실을 알고 신 PD에게 접근을 하고 있다는 것이었다.

굳이 〈비밀의 화원〉의 견제가 아니어도 신 PD를 연출가로 쓴다는 것만으로도 큰 의미가 있었다.

정 대표를 통해 신 PD의 전화번호를 알아낸 정호가 전화를 걸자 신 PD가 중얼거리듯 말했다.

"어디요? 청월의 오 이사님이요? 어허…… 요즘 무슨 일이 있으신가? 이렇게 거물급 인사들이 저한테 자주 전화를 주시네."

신 PD의 말을 듣고 정호는 신 PD에게 접촉하는 소속사가 많다는 걸 바로 알아차릴 수 있었다.

그중에 아라 엔터테인먼트가 있다는 것도.

워낙 훌륭한 연출력으로 유명한 신 PD였으니 드라마 제작을 부탁하는 전화를 많이 받는 편이었다.

하지만 이처럼 경쟁적으로 고위 인사가 다수의 부탁을 하는 경우는 신 PD로서도 처음 겪는 일이었다.

"이미 많은 분들에게 말씀을 드렸지만 기껏해야 방송국에서 월급이나 받는 처지에 있는 제가 얻을 수 있는 거라곤 좋은 드라마를 만든다는 '즐거움' 뿐입니다. 이 즐거움을 줄 수 있는 드라마가 아니라면 만들 생각이 없어요."

신 PD의 말에 정호가 안도했다.

물욕이 있어서 뒷돈이나 챙기는 그런 인물이었다면 여러모로 골치가 아팠을 텐데, 다행히 신 PD는 드라마를 제작하는 '즐거움' 만을 바라고 있었다.

그리고 채 작가의 작품만큼 그런 즐거움을 선사할 작품은 없었다.

정호가 대답했다.

"그렇다면 다행이군요. 저에게 딱 그런 즐거움을 선사할 작품이 있거든요. 다름 아닌 채 작가님의 신작입니다."

정호의 말에 신 PD가 놀랐다.

"채 작가님의 신작이요? 그거…… 괜찮군요."

신 PD의 반응에 만족하며 정호가 대꾸했다.

"괜찮지요. 게다가 단순히 신작이 아닙니다. 채 작가님이 아끼고 아꼈던 그런 작품입니다."

"오, 그런가요?"

"네. 이와 관련해서 직접 만나서 얘기 나눠볼 수 있을까요? 저는 오늘도 시간이 괜찮습니다."

신 PD가 냉큼 대답했다.

"물론이죠. 하지만…… 오늘은 선약이 있어서요. 채 작가님의 작품이 제게 들어올 줄도 모르고 아라 엔터테인먼트의 최 대표님과 선약을……."

신 PD의 입에서 뜻밖에 거물의 이름이 나왔다.

그 때문에 정호는 이렇게 되물을 수밖에 없었다.

"네? 누구요?"

3장. 승리는 언제나 다윗

"이런 상황이 되리라고는 생각도 못 했습니다……. 그래
도 아라 엔터테인먼트의 최 대표님이 오신다는데 지금에
와서 오지 말라고 할 수도 없고……."

정호의 되물음에 신 PD가 변명하듯 말을 늘어놓았다.

신 PD가 말을 늘어놓는 동안 정호는 빠르게 상황을 파
악했다.

그러고는 말했다.

"그럼 도저히 오늘은 만나 뵐 수 없는 겁니까? 무례인 줄
알지만 신 PD님이 작품을 맡았다는 좋은 소식을 최대한 빨
리 채 작가님께 전해드리고 싶어서 그럽니다."

정호의 말을 듣고 신 PD가 곤란하다는 듯 말했다.

"제가 최 대표님을 만나고 나면 새로 맡은 프로그램의 편집을 봐야 해서 거의 밤을 새워야 하거든요……. 당장 기한이 내일 오전까지라……. 이거 어쩌죠……?"

신 PD가 곤란한 상황이라는 건 알았다.

하지만 정호는 사실 이 기회를 활용하여 최 대표와 접촉할 생각이었다.

정호가 많은 일을 벌이면서 이전의 시간과 달라진 부분이 적지 않았다.

최 대표를 만나 이 상황에 대한 확신을 갖고 싶었다.

겸사겸사 최 대표에게 청월이 녹록하게 당하지 않을 거라는 경고를 해준다면 더 좋고.

"그럼 이렇게 하는 건 어떨까요? 제가 상대적으로 시간이 많은 상황이니 두 분이 만나시는 약속 장소 근처에서 신 PD님을 기다리겠습니다. 어떤가요? 불편하실까요?"

자주는 아니지만 이런 일이 더러 발생하는 것이 연예계였다.

좋은 PD, 배우, 작가, 연습생과 최대한 빠르고 확실하게 접촉하기 위해서 한두 시간 넋 놓고 기다리는 일 말이다.

며칠씩 대기를 타는 사람이 있다는 걸 생각해 보면 사실 이 정도는 대단한 일도 아니었다.

신 PD는 정호의 발언을 그런 일 중에 하나로 받아들였다.

동시에 그만큼 자신을 원한다는 증거라고 생각하기도 했다.

'최 대표를 만나고 나면 내 마음이 바뀔 수도 있다고 생각하는 걸까? 채 작가님의 작품을 두고 그런 선택을 할 리가 없지만 사람일이라는 게 혹시 모르는 일이긴 하지……'

신 PD가 생각을 이렇게 정리하면서 대답했다.

"저야 그게 편하긴 한데…… 그래도 괜찮을까 모르겠습니다……. 최 대표님의 제안을 거절하는 자리가 될 테니 오래 만나지는 않겠지만 저녁 식사를 약속했으니 적어도 한두 시간은 기다리셔야 할 텐데요……. 이거 오 이사님께 죄송스러워서……."

"에이, 그 정도야 대수겠습니까? 다른 누구도 아닌 신 PD님을 만나는 일인데요. 그리고 오랜만에 저도 근처에서 바람 좀 쐬고 간단히 저녁도 먹고 그러면 좋죠. 어디에서 식사를 하시죠?"

신 PD가 순순히 대답했다.

"성남동의 대현집이라는 한정식집에서 7시 30분입니다."

"7시 30분……. 알겠습니다. 이따 뵙겠습니다."

그길로 정호는 성남동으로 향했다.

그런 뒤 근처 분식집에서 간단히 저녁을 때우고 대현집이라는 한정식집의 정문이 육안으로 잘 보이는 카페에 자리를 잡았다.

'약속 시간까지 30분 정도가 남았군. 여기서 〈비밀의 화원〉을 다시 검토하면서 시간을 보내면 되겠다.'

정호는 그렇게 〈비밀의 화원〉의 대본에 무서울 정도로 집중했다.

잠시 후, 대본을 보다가 고개를 든 정호가 생각했다.

'역시 재밌어. 예전에도 본 드라마이고 대본인데 또 봐도 재밌다니. 채 작가님은 역시 속도감 있게 대사를 쌓아가는 방식 자체가 다르다.'

〈내 사랑 티라미수〉 시절에만 해도 이 정도의 경지까지는 아니었다.

그때만 해도 남들보다 조금 뛰어난 수준의 드라마를 쓰는 작가일 뿐이었다.

하지만 지금의 채 작가는 전혀 다른 사람이었다.

대본만으로 웬만한 작가는 압살하는 그런 실력을 가진 작가가 되어 있었다.

'작품을 거듭할수록 좋아지는 건가? 워낙 미묘해서 말로 표현할 수는 없지만 〈신사의 품위〉 때보다도 좋아진 부분이 있는 것 같은데……'

정호가 만족스러워하며 생각하고 있을 때 카페의 창문 너머로 대현집이라는 한정식집 앞에 차가 한 대 세워지는 게 보였다.

그리고 그 차에서는 신 PD와 함께 최 대표가 내렸다.

최 대표는 정호가 기억하는 모습 그대로의 얼굴을 하고 있었다.

특유의 오만함과 자신만만함이 얼굴에 드러나는 그런 얼굴.

'드디어 도착한 건가? 적어도 한 시간에서 두 시간 정도 식사가 이어지겠지. 그렇다면…….'

정호는 자리에서 일어나 카운터로 이동했다.

그러고는 카페의 직원에게 말했다.

"여기 아이스 아메리카노 한 잔 더 주세요. 치즈 허니 브래드도요. 근데 혹시 리필은 안 되죠?"

분식집에서 먹은 양이 적었던 정호는 아이스 아메리카노와 치즈 허니 브래드를 먹으며 채 작가의 대본을 계속 읽어볼 생각이었다.

'한 번 읽으니 너무 재밌어서 도저히 멈출 수가 없군. 다음 장면이 그 유명한 거품 키스 장면인가?'

◇ ◆ ◇

한 시간이 훌쩍 지났고 정호는 〈비밀의 화원〉의 대본을 덮고 카페를 나와 한정식집 앞으로 이동했다.

한정식집 한쪽에 대기하고 있던 발레파킹 요원이 정호에게 눈치를 줬지만 정호는 모른 척했다.

다시 30분 정도가 지나자 신 PD와 함께 최 대표가 한정식집에서 나오고 있었다.

최 대표의 목소리가 한정식집 정문 너머로 들려왔다.

"긍정적인 답변을 들었으면 좋았을 텐데 아쉽습니다. 그래도 저와 아라 엔터테인먼트를 잊지 말아주세요. 신 PD님과 꼭 작업을 해보고 싶거든요. 하하하."

최 대표의 말에 신 PD가 대답했다.

아무리 드라마를 제작하는 '재미'를 추구한다지만 기본적인 립서비스조차 모르지는 않는지 술술 말이 나왔다.

신 PD 정도의 위치에 오르려면 사회생활을 위한 기술 몇 가지는 기본인 게 당연하겠지만.

"위에서 내려온 지시만 아니었다면 아라 엔터테인먼트의 직원들과 호흡을 맞춰 보는 건데…… 저도 아쉽습니다. 모쪼록 오늘 저녁 식사는 즐거웠습니다. 그럼 다음에 뵙죠."

최 대표가 신 PD를 웃으며 배웅했다.

"하하하. 네네, 다음을 기약하죠. 배 실장, 신 PD님을 좀 모셔다드리게."

"아아, 그러실 것까지야…… 택시를 타고 가면 되는데……."

"제가 여기까지 데려왔는데 다시 모셔다드리는 건 당연한 일이지요. 배 실장이 안전하게 모셔다드릴 겁니다."

딱히 거절의 말을 찾지 못한 신 PD가 대꾸했다.

"그럼 감사합니다."

"네, 살펴가세요."

그렇게 신 PD가 배 실장의 차를 타고 한정식집을 떠났다.

정호는 살짝 몸을 숨겨 배 실장의 차가 떠날 때까지 기다렸다.

완전히 배 실장의 차가 시야에서 사라지자 최 대표가 불만을 터뜨렸다.

"저딴 PD 나부랭이에게 이런 대접이나 해줘야 하다니 제 꼴이 말이 아니군요, 젠장. 신 PD는 청월 쪽에 붙은 거 같죠?"

최 대표의 질문에 한 남자의 대답이 돌아왔다.

정호도 잘 아는 인물의 목소리였다.

최 대표의 오른팔로 통하는 아라 엔터테인먼트의 영업&개발 이사 연대용이었다.

"아마 그런 것 같습니다. 확실하게 알아보겠습니다."

"그래요. 알아보세요. 상황에 맞춰서 대책을 마련해야 할 것 같으니깐."

◇ ◆ ◇

그때 정호가 한정식집 안쪽으로 들어갔다.

그런 뒤 말했다.

"그 대책, 저도 좀 알려주실 수 없습니까?"

정호를 먼저 알아본 사람은 최 대표 옆에 서 있던 연 이사였다.

"다, 당신은?"

당황하고 있는 연 이사를 두고 정호가 성큼 최 대표의 앞으로 다가갔다.

그러고는 악수를 건네며 자신을 직접 소개했다.

"안녕하세요. 저는 청월 엔터테인먼트의 오정호이사라고 합니다."

그제야 정호의 정체를 파악한 최 대표의 한쪽 눈썹이 꿈틀거렸다.

풍채 좋은 어깨로부터 뻗어 나온 손으로 정호의 손을 마주 잡으며 최 대표가 말했다.

"반갑습니다. 아라 엔터테인먼트의 대표 최백문입니다."

최백문이 인사를 하며 마주 잡은 손에 힘을 줬다.

확실히 풍채에 어울리는 힘이었다.

하지만 15년의 시간을 거슬러 돌아온 후, 꾸준히 운동을 해온 정호가 못 견뎌낼 정도의 힘은 아니었다.

암흑가 1인자의 손자이기도 한 한경수와의 싸움을 앞둔 정호였다.

강도 높은 운동을 하는 것은 당연한 일이었다.

'그래도 지금 이 모습을 남들이 보기에는 흡사 다윗과 골리앗의 싸움처럼 보이려나? 확실히 최 대표의 풍채가 크긴 커.'

정호가 그렇게 생각하며 피식, 웃었다.

정호의 웃음소리를 듣고 당황한 것은 최 대표였다.

'어쭈, 이것 봐라……'

지금껏 악수를 하며 자신의 힘을 이겨낸 사람은 없었다.

그래서 딱히 운동을 하는 건 아니었지만 선천적으로 힘이 좋은 최 대표는 이런 식의 기세 싸움에서 단 한 번도 밀린 적이 없었다.

그런데 정호는 달랐다.

최 대표의 힘에 전혀 밀리는 기색이 아니었다.

오히려 웃고 있었다.

정호가 당황하고 있는 최 대표에게 말했다.

"악수는 이쯤하시죠? 악수를 굉장히 좋아하시는군요."

최 대표는 망설이다가 손을 풀고 물러났다.

그 행동에서 자존심 상한 기색이 역력하게 느껴졌다.

그럴 수밖에 없는 게 "악수를 굉장히 좋아하시는군요."라는 말 뒤에는 "유치하게."라는 뒷말이 생략된 것만 같아 최 대표 입장에서는 무척이나 찜찜했기 때문이었다.

'이 자식이……'

최 대표가 속으로 분개를 하고 있을 때 정호가 말했다.

"그나저나 그 대책이 무엇입니까? 무척이나 궁금해서 길을 지나가다가 이렇게 물을 수밖에 없었네요."

정호의 물음에 최 대표는 최대한 자신이 당황했다는 걸 감추며 비웃음을 띤 채 말했다.

"별걸 다 물어보시는군요. 청월에서는 다른 회사 사람이 그런 걸 물어봐도 순순히 가르쳐 줍니까?"

"늘 그런 건 아니죠. 하지만…… 아라 엔터테인먼트가 준비하고 있다는 대책이 저희 청월과 무관하지 않은 것 같아서요."

최 대표의 눈이 흉흉하게 반짝였다.

'젠장, 다 알고 찾아왔군…….'

최 대표는 서둘러 자리를 뜨기로 마음을 먹었다.

자존심이 상했지만 상황을 모두 파악하고 제 발로 찾아온 사람과 기세 싸움을 벌여봤자 계속 밀릴 것이 뻔하다는 걸 알고 있었다.

"청월과 상관이 있을 리가 있겠습니까? 그나저나 어딜 가시는 길이었다고요? 그럼 가세요. 저희도 가봐야 하거든요."

서둘러 자리를 뜨려는 최 대표에게 웃으며 정호가 대답했다.

"그렇군요. 대책을 마련하러 가셔야 하는군요. 알겠습니다. 그럼 저는 이만 제 갈 길을 가보도록 하죠. 만나서 반가웠습니다, 최 대표님."

그렇게 정호는 먼저 한정식집 문 밖을 나섰다.

하지만 얼마 가지 않고 정호가 뒤를 돌아봤다.

"아! 한 가지 빼놓고 말씀을 안 드린 게 있군요."

열이 뻗칠 대로 뻗쳐 있던 최 대표가 이를 악물며 물었다.

"뭡니까?"

정호가 그런 최 대표를 보며 싱글벙글 사람 좋은 미소를
지으며 말했다.

"그 대책 말입니다. 혹시라도 청월을 향한다면 조심하는
게 좋을 겁니다. 청월은 호락호락하게 당하지만은 않을 거
거든요. 아시겠죠? 그럼 이제 진짜 가보겠습니다."

그렇게 정호는 마지막 말을 남긴 채 떠났고 정호가 사라
지자마자 최 대표가 분노했다.

"크아아악!"

옆에 있던 연 이사는 어떻게 해야 할지 몰라 안절부절못
했다.

최 대표가 소리치듯 말했다.

"이번 드라마 사업에 아라의 모든 것을 걸어! 모든 걸 걸
라고!"

정호는 등 뒤로 최 대표의 목소리를 들으며 속으로 생각
했다.

'말 한마디에 자존심이 상해 모든 걸 걸겠다고 난리를
피우다니, 여전하군. 저놈의 엘리트주의……'

정호는 최 대표라는 인물의 본모습이 이전의 시간과 다르지 않다는 걸 확신했다.

'미안하지만 최 대표……. 그렇다면 이기는 쪽은 역시 다윗이다…….'

돌아가는 정호의 발걸음은 무척이나 가벼워 보였다.

매니지먼트의 제왕

4장. 준비 완료

　　tvM과의 편성 문제를 마무리 짓고 본격적으로 〈비밀의
화원〉의 촬영이 시작됐다.

　　〈비밀의 화원〉의 첫 촬영장에 도착한 정호는 주연 배우
로 낙점된 두 사람부터 찾았다.

　　주연 배우는 다름 아닌 제작이 발표된 시점부터 엄청난
화제를 불러일으키고 있는 지해른과 박태식이었다.

　　정호가 먼저 만난 것은 지해른이었다.

　　지해른은 〈비밀의 화원〉에서 무술 감독을 꿈꾸는 스턴트
배우 송라임 역할을 맡았다.

　　한쪽에 앉아 대본을 살펴보던 지해른이 정호를 발견하고

밝은 미소를 지으며 자리에서 일어났다.

"오 이사님! 언제 오셨어요?"

"나야 방금 왔지."

〈추격의 도시〉 이후 더 밝아진 지해른이 반응했다.

"오올~ 저부터 찾아오신 거예요? 이거 감동인데요?"

"매니저가 자기 소속사 주연 배우가 아니면 누구부터 찾아가겠어."

별 반응이 없는 정호의 태도에 지해른이 발끈하듯 말했다.

"왜요. 태식이도 있고 민후 오빠도 있는걸요. 게다가 여기 배우 중 절반 이상이 청월 소속이라고요."

"그래, 그래. 네가 특별해서 너를 가장 먼저 찾아왔다. 됐냐?"

"헤헤. 네! 됐습니다!"

어린아이처럼 해맑은 지해른의 행동에 정호가 피식, 웃으며 물었다.

"어때? 준비는 잘 돼가?"

"물론이죠. 준비는 완벽해요!"

장난기 어린 말투로 말했지만 준비가 완벽하다는 건 정호도 알고 있었다.

지해른은 노력할 줄 아는 천재였다.

분명 정호가 아는 어느 누구보다도 훌륭하게 송라임 역할을 준비했을 것이 분명했다.

'무엇보다 컨디션이 좋아 보여서 다행이다. 이제 해른이는 연기를 즐길 줄 알게 됐어.'

정호가 이런 생각을 하며 말했다.

"그럼 기대하고 있을게. 이따 다시 봐."

"네, 이사님! 이따 봐요~"

정호가 다음으로 만난 사람은 박태식이었다.

지해른과의 단짝 친구 아니랄까봐 박태식도 여유롭게 대본을 읽으며 앉아 있다가 정호를 반겼다.

"오셨습니까, 이사님?"

예전보다 여유가 있는 모습이었다.

〈추격의 도시〉 이후로 한 편의 영화를 더 찍었기 때문에 가질 수 있게 된 여유였다.

하지만 조금 불안해하는 기색이 여전히 느껴져서 정호가 물었다.

"어떻습니까? 준비는 할 만해요?"

"해내야죠. 다만…… 제가 드라마 출연은 처음이라서 잘할 수 있을지 모르겠습니다. 덜컥 메인 남자 주인공 역할을 맡은 것도 마음에 걸리고요……."

박태식이 자신감 없는 목소리로 말했다.

하지만 정호는 그런 박태식과는 달리 전혀 걱정하지 않았다.

'태식 씨는 노력하지 않아도 모든 것이 가능한 천재다.

저렇게 앓는 소리를 하다가도 카메라가 돌아가는 순간 돌변하겠지.'

박태식의 연기력은 조금도 걱정하지 않는 정호였다.

확실히 한눈에 보기에도 박태식은 조금 불안해하는 면이 있지만 컨디션 자체가 나빠 보이지는 않았다.

무엇보다도 〈비밀의 화원〉을 준비하면서 가장 걱정했던 부분이 잘 해결돼 있었다.

그것은 바로 박태식의 스타일이었다.

〈비밀의 화원〉에서 박태식이 맡은 역할은 백만장자 한주원이었다.

최고급 수제 양복을 모으는 취미가 있는 한엘백화점 사장 한주원은 두뇌마저도 섹시한, 완벽밖에 모르는 남자였다.

하지만 그런 한주원에 비해 박태식의 외모는 다소 평범한 편에 속했다.

'그걸 어떻게든 잘 커버하는 것이 문제였는데, 이렇게 놓고 보니 태식 씨도 꽤나 폼이 나는걸?'

제스터의 사장인 방주만과 의상팀의 고 팀장이 박태식의 스타일을 바꾸기 위해 고심하더니 결과가 잘 나온 모양이었다.

정호가 박태식의 어깨를 두드리며 격려를 해줬다.

"태식 씨는 잘할 겁니다. 걱정하지 마세요. 그런데 향수는 어떤 걸로 뿌렸어요?"

지해른과 박태식을 만나고 난 후, 정호는 바쁘게 움직여서 백민후, 정서정, 임지연도 만났다.

서브 남주이며 세계적인 한류 스타인 미카엘 역을 맡은 백민후.

한국 최고의 여배우이지만 한편으로는 작사가의 꿈을 꾸고 있는 한희원 역의 정서정.

체조 선수를 꿈꿨지만 먹기만 하면 살이 가슴으로 가서 꿈을 접어야 했던 글래머 정아영 역할을 맡은 임지연까지.

모두가 하나같이 눈에 띄지는 않지만 〈비밀의 화원〉에서 결정적인 역할을 맡은 배우들이었다.

'민후 씨, 서정 씨, 지연 씨……. 아주 든든한 사람들이야.'

뿐만 아니라 정호는 〈비밀의 화원〉의 서브 여주이자 극중 CF 감독인 서예슬 역할을 맡은 메세나의 한미나도 만났다.

한미나는 〈신사의 품위〉에서 메인 여주인 차이수 역할을 맡으며 인연을 쌓은 바 있는 배우였다.

'외부에서 데려온 배우인 한미나조차 컨디션이 좋았어. 오늘 촬영이 기대되는데?'

그렇게 정호는 단역 배우와 스태프에게도 한 사람도 빠짐없이 인사를 했다.

그러다 보니 어느새 첫 촬영 시간이 찾아왔다.

신 PD가 첫 촬영의 시작을 알렸다.

"레디, 고!"

◇ ◆ ◇

성공적인 첫 촬영 이후에도 〈비밀의 화원〉 촬영 현장 분위기는 어느 때보다도 좋았다.

무엇보다 보통의 드라마 촬영장은 소속사가 다른 주연급 배우들의 기 싸움이 벌어져서 피곤한 면이 있었는데 〈비밀의 화원〉은 그런 게 없었다.

모든 배우가 청월의 배우였기 때문이었다.

다음 장면의 촬영 준비를 지켜보던 신 PD가 정호에게 말했다.

"이렇게 편한 촬영은 처음입니다……. 〈대답하라〉 시리즈 때도 이런 적이 있었나 싶을 정도예요……."

신 PD의 말에 정호가 웃으며 대꾸했다.

"확실히 제가 보기에도 촬영장 분위기가 좋은 것 같습니다. 이 드라마에 가장 중요한 분인 신 PD님이 우선 잘해주고 계시고 신 PD님이 데려온 분들 역시도 일을 잘 해내고 있으니까요. 손발이 척척 맞더군요."

정호는 청월의 배우들이나 프롬 프로덕션의 직원들의 활약에 대해서는 일부러 말하지 않았다.

그런 건 말하지 않아도 신 PD의 입에서 나올 것이 뻔했기 때문이었다.

정호의 예상대로 신 PD가 말했다.

"그보단 청월의 배우들과 프롬 프로덕션의 직원들이 잘해준 덕분이지요. 정말 이렇게 수월한 촬영은 처음이에요. 그래서 한편으로 불안하기도 합니다. 이렇게 쉬워도 되나 싶어서……."

신 PD의 말에 정호가 속으로 웃었다.

확실히 불안할 만했다.

모든 것이 너무나도 딱딱 맞아서 돌아가고 있어서 모든 부분이 상대적으로 쉽게 느껴지는 탓이었다.

하지만 정호는 신 PD와 다르게 전혀 불안해하지 않았다.

오히려 이런 상황이 〈비밀의 화원〉의 성공을 예견하고 있다고 생각했다.

'작가, 연출, 그리고 배우. 드라마를 위한 어떤 요소도 잘못 작용하고 있는 게 하나도 없다. 아무런 전략이 필요 없을 정도로 말이야. 그렇다고 아무런 준비도 하지 않고 있는 건 아니지만…….'

신 PD를 안심시키기 위해서 정호가 입을 열었다.

"불안할 수는 있지만 일이 잘 풀린다는 건 결국 좋은 일이라고 생각합니다. 게다가 이렇게 혹시나 모를 실패를 경계하고 있는 신 PD님의 태도마저도 이 드라마를 성공으로 이끌 거라고 생각해요."

정호의 말에 신 PD가 대꾸했다.

"그렇습니까?"

정호가 고개를 끄덕였다.

"그렇지요. 또한 이 드라마가 성공할 수 있게 청월도 힘을 쓰고 있습니다. 제가 보내드린 〈비밀의 화원〉 OST 들어보셨습니까?"

〈비밀의 화원〉 OST 얘기를 꺼내자 신 PD의 얼굴이 환하게 밝아졌다.

"당연히 들어봤죠. 아예 스마트폰에 넣어서 촬영장을 오고가며 계속 듣고 있습니다. 이런 OST라니……. 오 이사님이 대단하다는 소리는 많이 들었는데 이런 OST까지 만들어내실 줄은 상상도 못 했습니다……."

신 PD의 칭찬에 정호가 겸손하게 대답했다.

"제가 한 일이라고는 뭐가 있겠습니까? 모두 훌륭한 가수들이 도와준 덕분이지요."

작가, 연출, 그리고 배우만으로도 드라마를 흥행시킬 모든 요소가 갖춰진 〈비밀의 화원〉이었지만 그렇다고 정호가 가만히 있을 리가 없었다.

정호는 모든 부분에서 완벽을 기해야겠다고 생각했고

그런 까닭에 선택된 것이 OST였다.

청월의 배우가 출연하는 드라마의 OST는 언제나 훌륭했다.

최고의 OST 가수이자 프로듀서라고 할 수 있는 오서연이 언제나 최고의 음악들을 뽑아냈기 때문이었다.

그래서 시청자들은 청월의 배우가 출연하는 드라마라면 당연히 OST가 좋을 거라는 기대부터 했다.

하지만 정호는 그 기대를 아득히 뛰어넘을 생각으로 이번 OST 작업을 준비했다.

"이 라인업이 진짜예요? 정말 이 라인업으로 OST를 만든다고요?"

이번에도 어김없이 OST의 총 프로듀서를 맡은 오서연이 〈비밀의 화원〉 OST 작업에 참가할 사람들의 명단을 본 뒤 놀라서 정호에게 물었다.

이런 식으로 놀라는 일이 흔하지 않은 오서연의 반응을 보며 정호가 흐뭇하게 웃었다.

그러고는 고개를 끄덕여줬다.

그러자 오서연이 중얼거렸다.

"말도 안 돼……. 이런 초호화 멤버로 OST를 만들다니……. 이건 밀키웨이 피처링 멤버라고 해도 과언이 아니라고……."

정문복, 아웃라이더, 타이탄, 밀키웨이가 모두 참여하는

OST 앨범이었다.

거기에 그치지 않고 닉 리먼드의 지원 사격을 받았으며, 뿐만 아니라 결정적으로 아딜이 이번 OST 앨범에 참여했다.

오서연이 물었다.

"어떻게 된 거예요? 어떻게 OST 앨범 작업에 아딜을 참여시킨 거냐고요."

오서연의 질문에 정호가 장난기 어린 목소리로 되물었다.

"말투가 조금 이상하다? 마치 아딜이나 되는 사람이 하찮은 OST 앨범에 참여한다는 게 이상하다는 거 같다는 말투인데?"

하지만 정호는 장난 칠 상대를 잘못 골랐다.

오서연이 강하게 나왔다.

"괜한 꼬투리 잡지 말고 말해 주세요. 아웃라이더 오빠랑 양주 먹고 이 앨범 작업을 망치기 전에."

오서연과 아웃라이더 조합이라면 충분히 가능할 것 같은 일이라서 정호가 한숨을 쉬며 순순히 대답했다.

"내가 참여해 달라고 부탁한 거 아니야."

"그럼요?"

"아딜 쪽에서 먼저 연락이 왔어."

정호로서도 뜻밖의 제안이었다.

닉 리먼드와 오랜 시간 가깝게 교류하고 있었지만, 아딜이라는 세계적인 가수가 이런 식의 연락을 보낼 줄은 상상도 못 했기 때문이었다.

닉 리먼드와 아딜의 이름값 차이 때문이 아니었다.

비슷한 수준의 이름값을 가졌다고 알려진 두 사람이었지만, 오히려 작곡이나 작사 같은 분야에서는 닉 리먼드의 이름값이 더 높기도 했다.

'하지만 닉 리먼드와 아딜은 성향 자체가 너무나도 다르다. 모든 장르를 넘나들며 음악 작업을 하는 닉 리먼드가 바람 같은 존재라면 묵직한 가창력으로 극적인 음악에 강한 아딜은 땅 같은 존재니깐.'

그래서 아딜의 제안을 처음 받았을 때 정호조차도 이렇게 반문할 수밖에 없었다.

"정말입니까? 정말 밀키웨이와 작업을 하고 싶으세요?"

정호의 질문에 아딜이 대답했다.

"후후후, 알아요. 이 제안이 얼마나 뜻밖인지. 하지만 그래미 어워드에서 보여준 밀키웨이의 퍼포먼스는 그만큼 강렬했어요. 특히 방송사고 당시의 대처 능력만큼은 저조차도 배우고 싶은 정도였다고요. 그런 대단한 가수와 같이 작업을 하는 건 모든 가수의 꿈이 아닐까요?"

아딜의 대답을 듣고 나자 어떤 점에서 아딜이 밀키웨이와 함께 작업을 하고 싶어 하는지 알 수 있었다.

'아딜의 말대로 그때 밀키웨이가 해낸 방송사고 대처는 다시는 없을 장면이었으니깐. 아딜도 팀으로서 가장 완벽하게 움직이는 밀키웨이를 가까운 곳에서 보고 싶은 거구나.'

닉 리먼드도 비슷한 얘기를 한 적이 있었다.

완벽한 하나의 팀으로 움직이는 밀키웨이가 가끔은 부러울 때가 있다고.

특히 그래미 어워드에서의 일을 보며 밀키웨이 같은 팀들이 무대 뒤편에서는 어떤 음악을 하는지 알아보며 같이 호흡을 하고 싶어졌다고.

분명 다른 세계적인 가수들 역시 그렇게 생각했을 거라고.

하지만 그 말이 이렇게 아딜을 자발적으로 불러오는 것으로 증명될 줄은 전혀 예상하지 못했다.

그렇게 정호는 상황을 파악했고 번뜩 한 가지 아이디어가 떠올라 아딜에게 제안했다.

아딜은 다행히 흔쾌히 이 제안을 받아들였다.

모든 자초지종을 듣고 오서연이 물었다.

"그래서…… 아딜에게 OST 앨범을 같이 하자고 했다고요? 밀키웨이한테 온 기회인데?"

오서연의 날카로운 질문에 정호가 살짝 당황하며 대답했다.

"걱정 마. 아들한테 다음 밀키웨이 앨범 피처링도 부탁해 놨거든."

미리 부탁하지 않았다면 큰일이 날 뻔했다고 생각하는 정호였다.

오서연, 아웃라이더 조합은 정호도 도저히 막을 수 없었기 때문이었다.

5장. 완벽한 패배! 반격의 카드?

〈비밀의 화원〉은 첫 방송 전부터 큰 관심을 모았다.

어느 정도였냐면 아직 〈비밀의 화원〉이 방송되지도 않았는데 〈비밀의 화원〉의 열풍이 부는 듯한 느낌이었다.

일단 모든 언론사가 〈비밀의 화원〉에 대한 기사를 적극적으로 다뤘다.

예중태의 영향력도 영향력이지만 〈비밀의 화원〉 자체가 기삿거리로 넘쳐났다.

〈추격의 도시〉에서 쫓기고 쫓는 입장에 있던 지해른과 박태식이 로맨스 드라마의 상대역으로 출연한다는 점부터, '채 작가 시대'를 연 채 작가가 오랫동안 아껴온 작품이라는 점, 〈대답하라〉 시리즈의 신 PD가 지휘봉을 잡았다는 점, 그래미 어워드의 수상으로 월드 스타의 지위에 오른 밀키웨이가 OST 작업에 참여한다는 점, 여기서 그치지 않고 닉 리먼드와 아딜까지 OST 작업에 지원 사격을 했다는 점까지.

기삿거리는 무궁무진했고 언론사들이 앞다투어 이 모든 걸 기사화했다.

아라, 힛, 큐에서 제작하여 내보내는 동시간대의 드라마에 대한 기사들이 간간이 나왔지만 전부 〈비밀의 화원〉과 관련된 기사에 묻혀 버렸다.

그리고 이 〈비밀의 화원〉과 관련된 기사들은 그대로 온라인상의 화제를 낳았다.

모든 SNS에서 〈비밀의 화원〉에 관심을 기울였고 이런 말까지 돌았다.

[와ㅋㅋㅋ 역대급 드라마 탄생의 예감ㅋㅋㅋㅋㅋ 〈비밀의 화원〉이 망하면 내가 머리를 빡빡 밀겠음ㅋㅋㅋ]

사실 드라마라는 게 워낙 변수가 많아 함부로 이런 말을 내뱉지도 않고 이런 말에 동의도 하지 않지만, 특이한 점은 〈비밀의 화원〉에 관해서만큼은 거의 대부분의 사람들이 동조를 한다는 사실이었다.

그뿐만이 아니었다.

[머리만 빡빡 미냐? 〈비밀의 화원〉 망하면 겨드랑이 털까지 빡빡 밀어야지ㅇㅇ]

[ㅋㅋ겨드랑이 털로 되겠냐? 〈비밀의 화원〉이 망하면 내가 모든 사람들한테 페라리를 사주겠음ㅋㅋㅋ]

[소박하게 페라리가 뭐야ㅋㅋㅋ 〈비밀의 화원〉이 망하면 사람당 하나씩 강남에 빌딩을 세워줘야지ㅋㅋㅋㅋ]

[ㅋㅋㅋㅋㅋ뭐야ㅋㅋㅋㅋ 여기 댓글 왜 배틀 붙었음?ㅋㅋㅋㅋㅋ]

[페라리? 강남 빌딩?ㅋㅋㅋ 누구나 다 가지고 있는데 뭐가 또 필요하냐?ㅋㅋㅋ 〈비밀의 화원〉이 망하면 나는 그냥 태평양 바닷물을 모두 마셔주겠음ㅋㅋㅋ]

[ㄴ어촌의 주민으로서 당신의 의견을 비추합니다]

[ㅋㅋㅋㅋㅋ미쳤다ㅋㅋㅋ 어촌의 주민ㅋㅋㅋㅋㅋ]

[맞아ㅋㅋㅋ 어촌의 주민을 괴롭게 하면 안 되지ㅋㅋㅋ 〈비밀의 화원〉이 망하면 내가 너희를 올림푸스의 신들로 받아들이겠다ㅋㅋㅋ]

[ㅋㅋㅋ올림푸스의 신ㅋㅋㅋㅋㅋ 허언증 오졌다ㅋㅋㅋㅋ]

이런 식으로 '〈비밀의 화원〉이 망하면~'이라는 놀이가 번졌고 이 놀이는 엄청난 인기몰이의 핵심이 되었다.

게다가 온라인상의 반응만 뜨거운 게 아니었다.

어느새 전국의 핫 플레이스라고 할 수 있는 모든 지역에 오프라인 매장을 세운 제스터가 〈비밀의 화원〉에 대한 홍보 문구를 내걸었다.

단순히 홍보 문구를 거는 것이 아니라 차별점을 두기 위해 제스터의 오프라인 매장에서만 우선적으로 〈비밀의 화원〉의 노래들을 틀었다.

그게 그대로 주효하여 〈비밀의 화원〉의 OST 앨범을 듣기 위해 제스터 매장을 찾는 사람들이 생겼고 그건 자연스럽게 제스터의 매출 상승으로 이어졌다.

또한 아직 〈비밀의 화원〉의 존재를 알지 못했던 사람들은 제스터 매장을 찾았다가 우연히 〈비밀의 화원〉의 존재를 알게 됐다.

"어? 이 노래 뭐야?"

"너 이 노래 몰라?"

"응, 뭔데? 노래 너무 좋다!"

"이거 이번에 시작하는 〈비밀의 화원〉 OST잖아."

"〈비밀의 화원〉? 새로 시작하는 드라마야? 드라마가 시작되지도 않았는데 OST를 이렇게 막 튼다고?"

"홍보 전략이라나 뭐라나. 그나저나 노래 대박 좋지? 이게 아마 아딜이 부른 노래일걸?"

"헐? 설마 내가 아는 그 아딜?"

그렇게 계속 〈비밀의 화원〉은 입소문을 탔고 방송 전부터 시작된 엄청난 화제는 그대로 1화 시청률로 나타났다.

1화 시청률 10.4%.

시작 전부터 연일 화제를 불러일으킨 〈비밀의 화원〉은 대한민국 전역을 들썩거리게 하고 있었다.

◇ ◆ ◇

〈비밀의 화원〉의 인기는 단발성이 아니었다.

워낙 방송 전부터 기대감을 모았던 작품이었기 때문에 기대보다 못하다는 의견이 아예 없는 것은 아니었지만 대부분 기대에 부합한다는 사실에 동의했다.

드라마를 홍보하는 데 일조한 화젯거리만큼이나 드라마의 핵심 요소라고 할 수 있는 작가, 연출, 배우가 탄탄했기 때문에 가능한 결과였다.

정말 채 작가, 신 PD, 그리고 청월의 배우들은 엄청난 시너지 효과를 내고 있었다.

4화가 방영된 날, 작업실에 찾아간 정호에게 채 작가가 감격하며 이런 말을 할 정도였다.

"고마워요, 오 이사……. 내가 머릿속에서 구상한 드라마를 이렇게나 완벽히 구현하게 되는 날이 올 거라고는 상상도 못 했어……. 언제나 부족하던 2%가 채워진 느낌이야……."

감격에 젖은 것은 채 작가만이 아니었다.

신 PD도 자신이 편집한 〈비밀의 화원〉의 6화분을 모니터링한 뒤 이렇게 말했다.

"〈대답하라〉 시리즈라는 감옥에 갇혀서 저도 모르게 한계를 만들어 버린 게 아닌가 하는 생각이 들었습니다…….
아직 반도 오지 못한 상황에서 이런 말씀을 드리는 것도 우습지만, 단언컨대 이번 작품은 제 평생 잊지 못할 기억이 될 겁니다……. 이런 기회를 주신 오 이사님께 감사드립니다……."

예기치 못한 '감사 행렬'에 프롬 프로덕션의 정 대표도 빠지지 않았다.

"내가 이럴 줄 알았어! 오 이사가 맘먹고 나서자마자 이런 꼴이 되어 버렸잖아! 이건 뭐…… 완전 치트키를 치고 게임을 하는 기분이랄까……. 휴…… 어쨌든 고맙다."

정 대표가 감사 인사를 했을 때가 〈비밀의 화원〉이 10화까지 방영된 상황이었다.

〈비밀의 화원〉의 이미 10화에서 19.5%의 시청률을 기록한 상태였다.

다시 말해서 〈비밀의 화원〉은 이 시대에서 다시 나올 수 없을 만한 흥행 성적을 기록하기 바로 직전이라는 뜻이었다.

그리고 그런 흥행 성적을 기록하는 순간, 프롬 프로덕션의 눈부신 성장은 당장 보장이 되는 것이나 다름없다는 얘기이기도 했다.

정호가 정 대표의 감사 인사에 대꾸했다.

정 대표만이 아니라 채 작가, 신 PD에게도 같은 말로 대답한 정호였다.

"당연히 일어날 일이 일어났을 뿐입니다. 여러분들이 도와주셨잖아요."

그렇게 〈비밀의 화원〉은 14화 방송으로 21.1%라는 케이블 방송 역사상 대기록을 달성했다.

문제는 이게 끝이 아니라는 거였다.

아라 엔터테인먼트의 임원진 회의실.

그곳에서는 차가우면서도 맹렬한 얼음 폭풍이 한바탕 몰아치고 있었다.

최 대표가 제 화를 이기지 못하고 책상을 뒤집어엎으며 소리쳤다.

"끄아악! 이게 말이나 되는 일입니까! 말이나 되냐고요!"

최 대표의 말에 아무도 함부로 대꾸하지 못했다.

그럴 수밖에 없었다.

최 대표가 제 분을 이기지 못하고 언제 책상을 뒤집어엎을지 몰랐기에, 임원진들의 책상 위에는 한 뭉치의 서류만이 올라와 있었기 때문이었다.

그것은 바로 〈비밀의 화원〉이 최종적으로 기록한 시청률에 대한 분석이 들어 있는 서류였다.

16화를 끝으로 종영한 〈비밀의 화원〉의 최종 성적은 23.6%.

경이적인 수치였다.

보통 두 배의 시청률이 나온다고 생각하는 공중파로 따지면, 40% 후반대의 엄청난 성적을 냈다고 할 수 있었다.

하지만 최 대표를 분노하게 하는 것은 〈비밀의 화원〉이 기록한 성적이 아니었다.

〈비밀의 화원〉 이후로 계속해서 실패를 맛보고 있는 아라 엔터테인먼트의 드라마가 분노의 주된 원인이었다.

책상 세 개를 뒤집어엎고 나서야 마음을 진정시킨 최 대표가 가쁜 숨을 몰아쉬며 말했다.

"〈비밀의 화원〉과 붙었던 드라마가 3%대의 성적으로 폭망한 것은 백번 양보해서 이해한다고 칩시다. 그런데 어째서 〈비밀의 화원〉 이후에 방영되는 아라의 드라마들도 속속들이 망하고 있는 겁니까?"

최 대표가 물었지만 아무도 답을 할 수 없었다.

함부로 입을 열었다가 최 대표에게 철퇴를 맞을 수도 있는 상황이었기 때문이었다.

하지만 묵비권을 행사한다고 해서 이 상황이 끝나는 것은 아니었다.

오히려 임원진 중 누구도 말을 하지 않아서 최 대표의

분노가 다시금 되살아났다.

"말을 해보세요! 말을 해보시라고요! 무슨 말이든 해야 상황이 나아질 거 아닙니까!"

최 대표는 작금의 상황이 너무나도 마음에 들지 않았다.

아라 엔터테인먼트는 이번에 정말 모든 걸 걸었다.

소속 직원들과 연예인들이 드라마 사업에 달려들었고 영향력과 자금력 중 어느 것 하나 아끼지 않았다.

그야말로 모든 역량을 집중시켰다.

그런데 결과가 처참했다.

공중파 기준으로 40% 후반대의 성적을 기록한 것이나 다름없는 〈비밀의 화원〉 수준은커녕 공중파 20%대 성적도 내지 못하는 상황이었다.

간간이 공중파에서 10%대 성적을 기록하는 드라마가 나오는 게 다였다.

'10%대의 성적도 쉽지 않다……. 어째서지? 어째서일까?'

결정적으로 최 대표의 자존심이 상하는 것은 지난 번 만났던 정호의 마지막 말이 자꾸 떠오른다는 사실이었다.

"그 대책 말입니다. 혹시라도 청월을 향한다면 조심하는 게 좋을 겁니다. 청월은 호락호락하게 당하지만은 않을 거거든요. 아시겠죠?"

누구보다 엘리트주의라는 사상에 젖어 있는 최 대표로서는 도저히 용납할 수 없는 상황이었다.

그래서 최 대표는 다시 한 번 화가 치밀어 오르는 것을 느꼈다.

최 대표가 씹어뱉듯 말했다.

"영향력, 자금력, 배우의 질, 직원의 노력, 작가의 숫자, 가수의 역량…… 어느 것 하나 부족한 것이 없는 상황이었습니다. 그런데 어째서입니까? 어째서 이런 결과가 나오는 거냐고요!"

일촉즉발의 상황이었다.

이번에도 누군가가 입을 열지 않으면 최 대표가 또다시 발작적으로 책상을 뒤집어엎을 수 있는 상황이었다.

뿐만 아니라 임원진 모두가 최 대표의 철퇴를 맞을 수도 있는 상황이기도 했다.

엘리트주의에 젖어 있는 최 대표에게 무능한 직원은 필요하지 않았기 때문이었다.

그런 상황에서 다행히 이번에는 누군가가 입을 열었다.

그 누군가는 다름 아닌 영업&개발을 맡고 있는 연 이사였다.

"이번 전반기에서 당사가 〈비밀의 화원〉에 미치지 못한 성적을 낸 것은…… 작가 때문입니다."

"작가 때문이요?"

대답이 돌아오자 최 대표가 조금 누그러진 기색으로 반문했고 연 이사가 그 모습을 보며 자신감을 가지고 대답했다.

"네, 작가 때문입니다. 문제는 작가의 숫자가 아니었습니다. 작가의…… '질'이었죠."

"오호."

최 대표가 흥미를 보였다.

확실히 맞는 말이었다.

드라마 시장을 독점하기 위해 아라 엔터테인먼트는 작가의 양만 늘리고 질은 확보하지 못한 상황이었다.

"그렇다면 방책이 있나요?"

최 대표의 질문에 연 이사가 고개를 끄덕였다.

"방책이 있습니다. 후반기에는 반격이 시작될 겁니다."

6장. 이별의 조건

〈비밀의 화원〉의 열풍은 한동안 계속됐고 그런 뒤 찾아
온 것은 예상치 못한 드라마 시장의 침체기였다.

〈비밀의 화원〉이 스케일부터 재미까지 모든 게 워낙 대
단한 드라마였기 때문에 발생한 사건이었다.

정호는 드라마 시장의 추이를 살피며 생각했다.

'어떤 느낌이라고 해야 할까……? 이미 투플러스 등심을
맛본 외국인 관광객 같은 느낌이라고 설명하면 될까? 투플
러스 등심을 먹었으니 이제 더 이상 뭘 먹어도 맛이 없는
거지.'

정호의 생각대로였다.

확실히 〈비밀의 화원〉이 워낙 대단한 드라마였던 탓에 시청자들은 〈비밀의 화원〉이 끝나는 순간 〈비밀의 화원〉보다 더 대단한 드라마를 만날 수 없을 거라는 생각을 했다.

뿐만 아니라 〈비밀의 화원〉으로 드라마에 대한 기대치가 높아진 상황이라 더더욱 그런 생각이 들었다.

그게 드라마 시장의 전체적인 침체로 이어졌다.

'이보다 소규모이긴 하지만 자주 벌어지는 일이지.'

드라마 시장에서는 대단한 인기를 끈 드라마가 종영한 이후 다음에 만들어지는 드라마들이 연달아 실패하는 경우가 자주 있었는데 그것이 바로 소포모어 징크스(sophomore jinx)였다.

소포모어 징크스는 첫 번째 결과물에 비해 두 번째 결과물이 완성도, 흥행 등의 성적이 부진한 현상을 뜻하는 단어였다.

'지금까지는 이 징크스가 두 번째 결과물에만 한정되어 나타났지……. 하지만 〈비밀의 화원〉의 파급력이 워낙 컸던 탓에 〈비밀의 화원〉 이후에 제작된 올해 전반기의 모든 드라마들이 영향을 받아 소포모어 징크스를 앓고 있다. 파급력으로 인해 그 범위가 올해 전반기까지 확장된 거라고 볼 수 있어.'

물론 이유는 이것만이 아니었다.

실제로 아라, 힛, 큐에서 데려간 다수의 드라마 작가들이 만들어낸 드라마 자체가 완성도와 재미 부분에서 기대 이하였다.

거의 외국인 관광객에게 투플러스 등심 이후로 불량식품을 내놓는 수준이었다.

결과적으로 〈비밀의 화원〉에 미치지 못하는 것은 물론이고 평균적인 수준 자체가 높지 못하다는 악재가 겹쳐 드라마 시장의 침체기를 불러온 셈이었다.

'최 대표가 너무 욕심을 부렸어. 만약 독점에 대한 욕심을 줄이고 드라마 작가들에게 시간을 줬다면 충분히 좋은 드라마가 나왔을 텐데. 그렇다면 드라마 침체기까지는 오지 않았을 거다. 뭐, 어떤 수를 써도 〈비밀의 화원〉은 이길 수 없었겠지만……'

어쨌든 그렇게 드라마 침체의 분위기 속에서 올해의 전반기가 흘러갔다.

이제 하늘이 높아지는 가을이었다.

시간이 충분히 흘렀기 때문에 드라마 시장도 조금씩 살아나려는 움직임을 보이고 있었다.

'그렇다면 후반기를 준비할 차례다!'

정호가 속으로 생각했다.

정호는 채 작가의 두 편의 드라마로 올 한 해의 드라마 시장을 뒤덮을 생각이었다.

그게 드라마 시장을 독점하려는 3대 소속사를 상대로 정호가 준비한 전략이기도 했다.

'강렬한 인상을 주는 수준 높은 두 편의 드라마라면 아무리 숫자를 많이 가져가도 두 편의 드라마 쪽을 이길 수 없다······. 한 해를 돌이켜봤을 때 기억 남는 드라마는 전반기와 후반기에 방영된 채 작가의 드라마 두 편뿐일 테니깐······.'

〈비밀의 화원〉 덕분에 전반기는 순조로웠다.

계획대로 전반기를 돌이켜 봤을 때 기억에 남는 드라마는 〈비밀의 화원〉밖에 없었기 때문이었다.

심지어 어서 빨리 채 작가에게 다음 드라마를 달라고 호소하는 시청자들이 있을 정도였다.

〈비밀의 화원〉 자체가 '청월 제작 드라마'라는 인식이 없지 않아서 청월의 홈페이지에 비슷한 시청자들의 호소가 올라오기도 했다.

'정 대표님의 프롬 프로덕션 홈페이지에서도 항의가 빗발친다고 했지? 딱 알맞은 시기다. 이제 채 작가님의 다음 드라마에 들어가야겠어.'

결국 후반기에도 채 작가의 드라마만이 기억에 남겠지만

괜히 시간을 벌어줘서 아라, 힛, 큐의 기를 살려줄 필요는 없었다.

후반기가 시작된 만큼 빈틈없이 서둘러 후반기 드라마 시장에 채 작가 작품의 이름을 새겨야 했다.

정호가 생각을 바로 행동으로 옮겨 정 대표에게 전화를 걸었다.

전화를 받은 정 대표에게 정호가 말했다.

"이제 다음 작품에 들어갈 때인 것 같습니다."

〈비밀의 화원〉으로 대한민국 최고의 드라마 제작사 중 하나의 반열에 오른 프로 프로덕션의 정 대표가 대답했다.

"벌써 그럴 때가 됐나? 이거 괜히 경쟁자들한테 미안해지겠는걸? 오 이사와 함께하면 늘 치트키를 치고 게임을 하는 느낌이라서 말이야."

정 대표의 너스레에 정호가 웃음을 지었다.

말은 그렇게 했지만 경영이 전쟁이라는 걸 누구보다 잘 아는 정 대표였다.

치트키 있다면 아끼지 말고 활용해야 하는 게 바로 '경영'이었다.

게다가 지금은 오히려 좋은 작품을 서둘러 제작해 드라마 시장 가장 상단에 프롬 프로덕션의 이름을 올려둬야 할 필요가 있었다.

지금의 시기를 놓친다면 더 이상 기회가 없을지도 몰랐다.

이 모든 사실을 이미 파악하고 있는 정 대표가 너스레 떠는 걸 그만두고 이어서 바로 입을 열었다.

"그럼 어서 제작에 들어가야지. 채 작가님은 다음 드라마의 대본을 얼마나 쓰셨대?"

"12화까지 집필이 끝난 걸로 알고 있습니다. 거기까지 받아봤어요."

"생각보다 진도가 빠르군. 완성도가 상당하겠어. 잘하면 본격적인 첫 촬영 전에 대본이 완성되겠는걸? 안 그래?"

"잘하면요."

"그렇군. 여러모로 다행이야."

보통 드라마는 5~6화의 대본이 완성되면 들어가는 편이었다.

그런데 본격적인 첫 촬영 전에 12화까지 대본이 완성됐다는 건 그만큼 채 작가가 이 드라마를 오랫동안 준비했다는 뜻이었다.

실제로 채 작가는 이 드라마의 대본을 이미 8화까지 완성해 놓은 상태였다.

정호가 정 대표에게 물었다.

"대표님은 몇 화까지 봤어요, 대본?"

"나는 10화까지 봤어. 미리 보니깐 다음 화가 보고 싶어서 견딜 수 없겠더라고. 그래서 11화, 12화 대본이 메일에

와 있는 걸 보고도 참았지. 적어도 13화가 나올 때까지는 메일을 열어보지 않을 거야."

확실히 정호도 그런 느낌을 받았다.

여러 번 읽은 〈비밀의 화원〉의 대본을 볼 때에도 1화를 보고 나면 2화가, 2화를 보고 나면 3화가, 보고 싶어서 견딜 수 없을 지경이었다.

'심지어 이번 대본도 〈비밀의 화원〉만큼이나 재밌다. 아니, 어떤 점에서는 〈비밀의 화원〉보다 나은 부분이 많아. 특히 스케일!'

정호가 〈비밀의 화원〉을 전반기에 먼저 방영시킨 이유가 바로 이 스케일 때문이었다.

스케일이 크면 어쩔 수 없이 상대적으로 보는 맛이라는 게 생길 수밖에 없었다.

일종의 영상미라고도 할 수 있는 부분인데 〈비밀의 화원〉은 이 부분에서 채 작가가 현재 준비하고 있는 작품보다 조금 아쉬운 면이 있었다.

'이번 드라마는 그런 부분까지도 완벽하다. 게다가 이번에는 편성을 공중파인 MBS에 받았어. 시청자들이 더 몰릴 거고 투자 규모도 상당해질 거다.'

일전에 정호에게 도움을 받은 MBS의 사장이었다.

또한 MBS의 사장 다음으로 MBS에서 영향력을 발휘하는 김 PD가 정호를 은인으로 생각하고 있기도 했다.

그러다 보니 전반기에 정호에게 드라마 편성을 해주지 못한 것이 내심 두 사람의 마음에 걸렸고 그 결과가 후반기에 돌아왔다.

MBS 사장이 직접 정호에게 전화를 걸어 물었다.

"자리를 넉넉하게 마련해 뒀습니다. 얼마나 편성해 드리면 될까요?"

원한다면 MBS의 모든 드라마 편성을 청월의 드라마로 채우겠다는 뜻이 담긴 물음이었다.

물론 정호에게 필요한 자리는 딱 한 자리뿐이었고 딱히 MBS가 아니어도 자리를 주겠다는 방송국이 많았다.

드라마 시장이 워낙 침체돼 있었고 〈비밀의 화원〉의 파급력이 그만큼 강력했기 때문이었다.

하지만 정호는 다른 방송국을 물리치고 MBS와 손을 잡았다.

MBS의 사장이 덧붙인 말 때문이었다.

"하긴 어차피 편성은 필요하지 않으시겠죠……. 하지만 은인인 오 이사님에게 MBS에서 준비한 것은 이게 다가 아닙니다. 투자를 하겠습니다. 다른 방송국이 제시하는 조건에 무조건 두 배로."

결국 MBS에서의 편성이 확정된 동시에 두둑한 투자금까지 챙긴 정호였다.

'워낙 이번 작품의 스케일이 커서 투자금을 모으는 게

조금 걱정이었는데 잘된 일이었지……'

그렇게 만족스럽게 일이 풀렸던 과거의 일을 회상하며 정호가 정 대표에게 말했다.

"저도 얼른 13화가 보고 싶네요. 이쯤이면 이제 슬슬 완성될 때가 되지 않았을까요? 채 작가님한테 전화를 해보겠습니다."

정호의 말에 정 대표가 반색했다.

"그럴래? 그럼 얼른 전화해봐."

정호가 한창 정 대표와 대화를 나누고 있을 때, 채 작가의 작업실은 생각보다 분위기가 좋지 못했다.

채 작가의 앞으로 세 명의 보조 작가가 무릎을 꿇고 앉아 있었다.

무거운 침묵을 뚫고 채 작가가 입을 열었다.

"그래서 이번 작품을 같이 못 하겠다는 거야?"

"죄송합니다, 선생님."

채 작가는 현재 화가 난 상태였다.

자신의 보조 작가 세 사람이 한꺼번에 찾아와 갑자기 그만두겠다는 말을 했기 때문이었다.

채 작가 입장에서는 마른하늘에 날벼락 같은 일이었다.

워낙 오래전부터 썼던 거라 현재 준비하고 있는 드라마가 딱히 보조 작가의 도움이 필요한 것은 아니었다.

하지만 그렇다고 해서 보조 작가 전부가 필요하지 않은 것은 아니었다.

적어도 자료를 정리해 주고 머리가 무거울 때 아이디어를 제공해줄 보조 작가 한 명쯤은 필수적인 상황이었다.

'자료 정리나 아이디어 제공도 필요 없어……. 가장 가까운 곳에서 실시간으로 글을 봐줄 한 사람은 무조건 필요한데…….'

하지만 이런 현실적인 부분보다 채 작가를 정말 화나게 하는 것은 이런 중요한 문제를 한마디 상의도 없이 자기들끼리 결정하고 통보하고 있는 보조 작가들의 행동이었다.

퍼스트, 세컨트, 막내 중 어느 한 사람 채 작가와 오래하지 않은 보조 작가가 없었다.

막내 작가조차도 채 작가와 2년이나 함께 일한 사이였다.

결국 채 작가가 참지 못하고 서운함을 표현했다.

"이 기회가 너희한테 아주 좋은 기회라는 건 알고 있어……. 하지만 이런 식으로 통보를 하는 건 솔직히 좀 아니지 않니……?"

앞서 죄송하다는 말을 했던 퍼스트 작가가 다시 한 번 입을 열었다.

"죄송합니다, 선생님."

계속되는 죄송하다는 말에 채 작가는 화가 머리끝까지 차오르려고 했지만 애써 감정을 억눌렀다.

입봉의 기회를 놓치기가 힘들다는 걸 채 작가도 잘 알고 있었기 때문이었다.

'드라마 작가계의 도인으로 불렸던 내 스승인 한정임 선생님도 내가 퍼스트 보조 작가를 그만둔다고 했을 때 서운해하셨지……. 하지만 적어도 그때 나는 이런 식으로 갑작스럽게 말하지는 않았는데…….'

감정을 억누르고 나자 문득 궁금해졌다.

'어디서 어떤 조건을 받았길래 이런 식으로 갑작스럽게 그만둔다고 하는 걸까……? 얘들이 이렇게까지 예의가 없는 애들은 아니었는데…….'

이런 생각을 하며 채 작가가 얼마 전까지만 해도 가족이나 다름이 없었던 세 사람에게 물었다.

"도대체 어디서, 어떤 조건을 받았길래 이러는 거야? 내가 납득할 수 있게 설명해봐."

매니지
먼트
제왕

7장. 술수의 정체

정호가 정 대표와의 통화를 끝내고 채 작가에게 전화를 걸었다.

"여보세요?"

그런데 전화기 너머로 들려오는 채 작가의 목소리가 심상치 않았다.

어떤 감정을 감추고 애써 괜찮은 척을 한다는 게 단번에 느껴졌다.

'뭐지? 평소에는 누구보다 밝은 목소리로 전화를 받아주시는 분인데……'

채 작가 자체가 본래 밝은 사람이었다.

79

정호와 깊은 친분이 없을 때도 싫은 기색 한 번 하지 않을 정도로 사회적으로 친화력을 가진 사람이기도 했다.

그러다 보니 채 작가의 목소리를 듣고 걱정을 하지 않을 수 없었다.

"네, 접니다. 작가님. 그런데 무슨 일 있으세요? 목소리가 좋지 않아요."

정호가 질문했지만 채 작가의 대답은 바로 돌아오지 않았다.

잠시 후, 잠이 방금 깬 사람처럼 채 작가가 말했다.

"어머, 내 정신 좀 봐. 방금 뭐라고 했죠, 오 이사?"

채 작가의 태도를 보며 정호가 생각했다.

'확실히 뭔가 있는 모양이야……. 심지어 보통 드라마 작가들이 가장 쓰기 힘들어하는 후반부 대본을 쓸 때에도 이런 반응을 보이지 않으셨는데……. 도대체 무슨 일이지……?'

걱정이 한층 깊어진 정호가 물었다.

"작가님 기분이 괜찮은지 물었습니다. 목소리가 좋지 않게 들렸거든요. 방금도 약간 멍해지신 것 같고요."

"미안해요. 아무 일 없어요. 난 괜찮아."

괜찮다고 말했지만 정호에게 그 말은 채 작가의 자기 주문처럼 들릴 뿐이었다.

듣는 사람 입장에서는 전혀 괜찮은 것처럼 들리지 않았다.

'무슨 일인 걸까……. 이거 상황이 난감하네…….'

정호가 무슨 일이 벌어진 건지 추측을 하느라 아무 대답을 하지 못하자 채 작가가 한숨을 쉬었다.

그러더니 다행스럽게도 순순히 상황을 실토했다.

"휴……. 그래요. 오 이사한테까지 숨길 만한 이야기는 아니지……. 아니, 오히려 오 이사가 반드시 알아야 할 얘기일 거야……."

채 작가의 말을 듣고 정호의 머릿속에는 물음표가 떠올랐지만 가만히 채 작가의 다음 말을 기다렸다.

채 작가는 다시 한 번 길게 한숨을 내쉬면서 말했다.

"아라 쪽에서 우리 애들한테 제안을 한 모양이야. 근데 그게…… 조건이 너무 좋아요. 편당 천오백에 투룸 작업실을 비롯한 월급, 식비 등의 모든 생활비를 지원한다는 조건이라나?"

채 작가의 말에 정호가 헙, 하고 헛바람을 들이켤 수밖에 없었다.

경우에 따라 다르긴 하지만 보통의 드라마 작가가 입봉작에서 받은 돈은 많아 봐야 편당 2~3백만 원 정도였다.

'채 작가님의 제자 격이라고 할 수 있는 보조 작가이니 더 많이 쳐줘서 최대 4백만 원까지 고려할 수는 있겠지만 천오백이라니……. 최 대표가 단단히 마음을 먹었군…….'

정호는 채 작가의 말을 듣는 순간, 이게 아라 엔터테인먼트의 새로운 전략이라는 사실을 단번에 파악할 수 있었다.

드라마 시장의 독점을 위해 무차별적으로 드라마 작가를 영입하던 아라 엔터테인먼트가 '질적 향상'으로 노선을 변경한 게 확실했다.

정호가 채 작가에게 다급하게 물었다.

"그래서 보조 작가들은 어떻게 하기로 했답니까?"

채 작가가 쓴 약을 삼키는 사람처럼 대답했다.

"세 사람 전부…… 아라로 간답니다."

◇ ◆ ◇

채 작가와의 통화를 마치고 정호는 예중태에게 전화를 걸어 추가적으로 정보를 확보했다.

예중태가 물어온 정보에는 아라 엔터테인먼트가 채 작가의 보조 작가들만이 아닌 대형급 드라마 작가들에게 큰 조건을 제시하고 다닌다는 소문이 들어 있었다.

"오 이사님의 생각대로인 것 같습니다. 아라 엔터테인먼트가 질적 향상을 통한 정면 대결을 원하고 있는 것 같습니다."

예중태의 말을 들으며 정호가 고개를 끄덕였다.

그렇게 생각할 수밖에 없는 상황이었다.

'사실 다른 대형 드라마 작가들은 무섭지 않다. 그 작가들이 어떤 드라마를 쓸지 알고 있고 그 작품들이 채 작가님의 작품에 비할 바가 아니라는 사실도 알고 있으니깐. 문제는 채 작가님의 보조 작가들 쪽이다.'

조금 전, 쓴 약을 삼키듯 보조 작가들이 떠난다는 사실을 알리던 채 작가에게 정호는 바로 되물었다.

채 작가는 보조 작가들이 떠난다는 사실 때문에 놓치고 있는 듯했지만 사실 정호의 질문이 더 중요한 핵심이었다.

"혹시 보조 작가들이 작품을 가진 게 있었나요?"

"음…… 아마도? 퍼스트였던 채영이는 내가 직접 손을 봐준 게 있고…… 나머지 두 사람도 주기적으로 합평을 거쳐서 계속 고쳐온 작품이 있을 거예요."

정호는 그 순간, 아라 엔터테인먼트의 술수를 파악할 수 있었다.

'보나마나 연 이사의 짓이겠군. 이전의 시간에서도 비슷한 일을 벌인 적이 있었으니깐. 제자와 스승을 정말 싸우게 할 작정이냐?'

긁어모은 정보로 추론해볼 때 아라 엔터테인먼트의 생각은 뻔했다.

아라 엔터테인먼트는 보조 작가들의 작품을 채 작가의 작품과 맞대결을 시킬 생각을 하고 있었다.

몇 주 후, 이 생각은 현실이 되어서 다가왔다.

채 작가의 신작 〈태양의 후계자〉의 첫 촬영을 목전에 둔
어느 날, 제작 발표 기사가 떴다.

채 작가의 퍼스트 보조 작가였던 노채영의 드라마 〈나의
화려한 싱글기〉가 〈태양의 후계자〉와 동시간대 다른 공중
파 방송국에서 방영을 한다는 기사였다.

◇ ◆ ◇

예상대로 돌아가는 상황에 정호가 아랫입술을 질끈 깨물
었다.

'좋지 않아. 보조 작가들의 이탈로 채 작가님이 타격을
받았는지 기대와는 달리 〈태양의 후계자〉의 마지막 두 화
의 대본을 아직 받아보지 못한 상태다. 이 기사를 본다면
채 작가님의 대본은 더 늦어질 수도 있어. 어쩌면 아예 안
나오는 상황이 나올지도 모르고.'

그나마 다행인 점은 〈태양의 후계자〉의 촬영이 순조롭게
준비 중이라는 사실이었다.

〈태양의 후계자〉는 채 작가의 '인생 역작' 이라고 할 수
있는 드라마였다.

전쟁과 질병으로 고통 받는 가상의 국가 우르쿠나에서
벌어지는 이야기를 담고 있는 〈태양의 후계자〉는 파병된 군
인들과 의사들이 극한의 상황 속에서도 사랑하고 전우애를

느낀다는 것을 잘 표현하고 있었다.

또한 동시에 단순히 사랑을 하고 전우애를 느끼는 것만이 아닌 이 두 가지가 얼마나 전쟁과 질병의 상황을 극복해 내는 원동력이 되는지를 잘 그려낸 작품이기도 했다.

그야말로 '블록버스터급'이라는 표현이 아깝지 않을 대형 드라마였고 그런 까닭에 촬영 준비도 쉽지 않았다.

촬영 장소를 구하고 배우들을 섭외하는 것만으로도 몇 달의 시간이 소요될 정도였다.

'그나마 전반기부터 프롬 프로덕션에서 남몰래 부지런히 움직여준 덕분에 시간을 많이 단축시킬 수 있었지.'

아닌 척했지만 사실 정 대표는 〈태양의 후계자〉를 미리부터 준비하고 있었다.

준비만으로도 적지 않은 시간이 소요될 거라는 걸 이미 알고 있었던 것이다.

그 덕분에 정호가 생각한 것보다 한 달 정도 빨리 〈태양의 후계자〉가 첫 촬영에 들어가는 걸 볼 수 있는 상황이 됐다.

'촬영 준비는 완벽해. 홍보도 잘되고 있다.'

뿐만 아니라 〈태양의 후계자〉는 시작 전부터 〈비밀의 화원〉 이상의 화제를 모으고 있는 중이었다.

할리우드에서 당당히 주연 자리를 따냈던 배우 강여운의 귀환.

〈구암 허준〉, 〈이산 정조〉, 〈숙빈 최씨〉 등으로 유명한 연출가 이병찬 PD와 〈스파게티〉, 〈전 여친 클럽〉, 〈미스코리아 진〉 등으로 유명한 연출가 권석준 PD의 공동 연출.

밀키웨이, 닉 리먼드, 아딜을 포함하여 제이슨 문, 마룬식스까지 새롭게 합류한 초호화급 멤버의 OST 앨범까지.

화제를 이끌어내지 않으려고 해도 그럴 수가 없을 지경이었다.

심지어 언론계에서 거대한 영향을 발휘하는 예중태의 적극적인 지지와 제스터의 오프라인 매장 전략이 이번에도 통하면서 벌써부터 '전반기엔 〈비밀의 화원〉, 후반기엔 〈태양의 후계자〉'라는 얘기가 돌고 있었다.

'이대로만 간다면 〈태양의 후계자〉는 볼 것도 없이 무조건 성공이다. 다만 문제는 채 작가님이 흔들리지 않고 마지막 화까지 집필을 할 수 있느냐는 것인데.'

하필 이런 때에 노 작가 〈나의 화려한 싱글기〉의 제작 발표를 한 것은 아라 엔터테인먼트의 추가 전략이 분명했다.

채 작가가 정신적으로 흔들리고 있다는 것을 알고 마지막 화의 집필을 방해하려는 수작이었던 것이다.

또한 가능하다면 〈태양의 후계자〉의 제작과 관련된 많은 사람들에게 불안감을 조성하기 위함이기도 했다.

야비하지만 동시에 효과적인 방해 전략이었다.

◇ ◆ ◇

자존심이 상하지만 아라 엔터테인먼트 방해 전략은 그대로 먹혀들었다.

노 작가의 〈나의 화려한 싱글기〉의 제작 발표 이후로 정호의 전화기가 불이 난 것처럼 울려대기 시작했기 때문이었다.

가장 먼저 전화를 한 것은 조준환의 매니저인 강대춘이었다.

조준환은 이번에 〈태양의 후계자〉에서 서브 남주인 서대윤 역할을 맡은 상태였다.

본래라면 연기력, 인기, 경험 등 모든 측면에서 메인 남주를 맡아야 정상이었지만 조준환의 이미지가 메인 남주보다는 서브 남주 서대윤에 더 잘 어울렸다.

그래서 정호가 직접 나서서 양보를 부탁했고 정호의 간접적인 도움으로 슬럼프에서 벗어날 수 있었던 조준환은 흔쾌히 정호의 부탁을 받아들였다.

물론 정호의 부탁도 부탁이지만 배우라면 누구나 〈태양의 후계자〉의 출연이 탐나는 상황이기도 했다.

정호가 전화를 받자 강대춘이 호들갑을 떨었다.

"오 이사님, 이번에 〈나의 화려한 싱글기〉 제작 발표 얘기 들으셨습니까? 이 작품의 작가가 채 작가님의 퍼스트 보조 작가 출신인 노채영이라는 분이라던데 사실인가요?"

몇 분 시간을 들여서 검색하면 바로 나올 사실을 굳이 감출 필요는 없었다.

정호는 순순히 대답했다.

"네, 맞습니다."

"아이고. 어쩝니까, 오 이사님? 괜찮을까요? 채 작가님의 제자라면 꽤나 막강한 드라마일 텐데 어떻게 이런 대결 구도가…… 아, 채 작가님은 괜찮으신가요? 혹시 충격 받으신 거 아니에요?"

충분히 걱정이 될 만한 상황이었다.

몇 가지 변수로 대작이라고 평가받던 드라마가 망하는 일이 수시로 일어나는 게 드라마계였기 때문이었다.

그런데 이런 일이 터졌으니 걱정이 들 수밖에.

정호가 강대춘을 안심시키기 위해서 침착하게 대꾸했다.

"걱정 마세요. 아무 일도 없을 겁니다."

"그렇겠죠? 겨우 딱 두 화분의 대본이 남은 상황이니 대본이 분명 나오겠죠?"

"그럴 겁니다. 그러니깐 대춘 씨도 침착하세요. 대춘 씨가 흔들리면 준환 씨도 흔들립니다."

정호의 단호한 대답에 강대춘이 안심하는 듯했다.

그만큼 정호가 가진 무게와 신뢰는 대단했다.

"네, 네. 오 이사님이 그렇게 말씀하신다면 그런 거겠죠.

괜한 걱정을 했습니다. 그럼 저도 마음을 다잡고 준환이를 안심시키겠습니다."

이어서 전화를 한 사람은 차수준이었다.

차수준은 〈태양의 후계자〉의 메인 남주 유서진 역할을 맡았다.

이렇게 큰 작품의 메인 남주는 처음이라서 스트레스를 받고 있다고 오방민이 보고를 한 바가 있었다.

전화의 내용이 어떨지 예상하며 정호가 전화를 받았다.

아니나 다를까 그 얘기였다.

"이사님, 이게 어떻게 된 일인가요? 이거 괜찮은 거 맞습니까?"

정호는 이번에도 침착하게 대답했다.

오방민을 거치지 않고 자신에게 바로 전화를 건 것만으로도 불안감이 어느 정도일지 예상됐기 때문에 잘 달래줬고, 강대춘과 마찬가지로 정호를 신뢰하는 차수준은 침착함을 금세 되찾았다.

"오 이사님의 말대로 되겠죠. 믿고 연기에 집중하겠습니다."

그렇게 전화를 끊자 이번에는 정 대표에게 전화가 왔다.

정 대표만이 아니었다.

줄줄이 사탕처럼 민봉팔, 윤 대표, 김만철, 오서연, 김만철 등 계속 전화가 걸려왔다.

〈태양의 후계자〉와 관련된 모든 사람들이 전화를 한다는 생각이 들 정도였다.

정호는 그 모든 사람들을 달랬고 정호와 전화 통화를 한 사람들은 하나같이 만족하며 전화를 끊었다.

'휴……. 이쯤이면 된 건가…….'

이런 생각을 하며 한시름을 놓고 있을 때였다.

또 다른 전화가 걸려왔다.

최종 보스라고 할 수 있는 다름 아닌, 채 작가의 전화였다.

정호는 심호흡을 한 번 하고 전화를 받았다.

채 작가가 무너지면 모든 게 끝나는 상황이었기 때문에 긴장이 되지 않을 수가 없었다.

"네, 채 작가님. 전화 받았습니다."

정호의 대답을 듣고 채 작가가 낮은 목소리로 말했다.

"오 이사…… 나 지금 무척이나 화가 나요……."

8장. 준비의 끝은 폭로

화가 난다니.

성격 좋은 채 작가의 입에서 나올 만한 얘기는 아니었다.

채 작가 입장에서 그만큼 상황이 좋지 못했다.

'설마 자책으로 이 상황을 포기하고 싶으신 걸까……'

정호가 이런 생각을 하고 있을 때 채 작가가 말을 이었다.

"생각나요, 오 이사? 우리 애들 중에서 혹시 아라 엔터테인먼트의 제의받았는지 물었을 때가?"

"네, 작가님. 생각납니다."

"그때의 모습이…… 지금까지의 제 모습이었어요. 저는 언제나 그때처럼 애들의 속마음을 헤아리지 못하고 '괜찮니?' 라고 묻기만 한 뒤 '괜찮다.' 대답이 돌아오면 그 말을 곧이곧대로 믿어 버렸죠. 도무지…… 더 깊이 알아보려고 하지 않았어요. 만약 내가 조금이라도 먼저 애들에게 다가 갔다면, 가족 같은 그 애들에게 내가 먼저 기회를 줬다면, 적어도 아라 엔터테인먼트의 술수를 먼저 깨달았다면, 상황은 달라지지 않았을까?"

채 작가의 자책에 정호가 걱정이 묻어나는 목소리로 말했다.

"채 작가님……."

"알아요, 오 이사. 이런 얘기가 지금에 와서는 아무런 소용이 없다는 걸. 그래도 자꾸 이런 생각이 드는 건 어쩔 수 없네요……."

채 작가의 말을 듣고 나니 정호의 우려가 깊어졌다.

'이대로 드라마를 엎어야 하는 건가…….'

그런데 이어진 전개는 뜻밖이었다.

"하지만 걱정하지 말아요, 오 이사. 나…… 열심히 할 거 예요!"

정호가 반문했다.

"네?"

"나와 맞대결을 펼칠 채영이에게는 미안하지만 돈으로,

시장의 논리로 드라마를 향한 우리 애들의 순수한 열정을 농락한 아라 엔터테인먼트를 가만두지 않겠어요."

말투부터가 평소와 달랐다.

정말 마음을 단단히 먹은 듯했다.

채 작가가 덧붙여 말했다.

"그러니깐 내가 망쳐버린 13, 14화 대본부터 수거할게요. 〈태양의 후계자〉를 더 완벽한 작품으로 만들어야 하거든요."

◇ ◆ ◇

채 작가의 요구대로 〈태양의 후계자〉 13, 14화 대본은 수거됐다.

그리고 채 작가는 열정적으로 집필에 들어갔다.

보조 작가 새 사람의 부재는 걱정됐지만 그 부분도 다행히 손쉽게 해결됐다.

스승에 대한 애정이 여전히 남아 있었는지 채 작가를 떠난 세 사람이 적당한 후임자를 찾아서 채 작가에게 추천을 했기 때문이었다.

보통 보조 작가는 이렇게 아는 사람의 소개로 구하는 편이었다.

'오랜 시간 합을 맞춰온 이전의 보조 작가들에 비하면

부족한 점이 없지 않겠지만 다행히 채 작가님은 새로 온 사람들을 마음에 들어 하는 것 같군. 무엇보다 〈태양의 후계자〉가 보조 작가의 영향력이 크게 발휘되지 않는 작품이라서 다행이야. 아마 보조 작가들은 〈태양의 후계자〉로 좋은 공부를 할 거다.'

결과물이 나와 봐야 알겠지만 정호는 일단 대본에 대한 걱정을 한시름 덜 수 있었다.

이제 〈태양의 후계자〉를 위하여 다른 부분에서 착실히 움직일 때였다.

'촬영 준비는 문제없군.'

채 작가 쪽보다도 안정적인 부분이었다.

작가들의 문제로 흔들리는 와중에도 정호가 안심하는 데 도움을 주었던 부분이기도 했다.

먼저 연기 쪽으로는 청월의 주연급 배우 라인인 강여운, 조준환, 차수준이 꽉 잡고 있었다.

실력은 있지만 빽은 없는 여의사 강주연 역할을 맡은 강여운의 연기력은 의심의 여지가 없는 부분이었다.

할리우드에서 〈포리너〉의 주연을 맡았던 것이 강여운의 연기 인생에도 큰 영향을 미쳤는지 연기의 깊이가 생겨서 더욱 좋았다.

강대윤 역할을 맡은 조준환의 연기 노하우와 내공도

무시할 수 있는 것이 아니었다.

실력에 비해 다소 약했던 멘탈을 담당 매니저 강대춘이 꽉 잡아주면서 조준환은 드라마계에서 누구보다 안정감 있는 카드로 인정을 받고 있었다.

걱정이 되는 쪽은 〈태양의 후계자〉에서 조준환보다도 큰 역할을 맡은 차수준 쪽이었다.

하지만 다행히 공개 대본 리딩 때 보여준 차수준의 유서진은 훌륭했다.

능글맞으면서 신념이 뚜렷한 유서진이라는 역할의 특징을 그대로 구현해낸 것이 인상적이었다.

'〈신사의 품위〉종영 축하 파티 이후부터였나? 확실히 그때부터 차수준의 내부가 단단해진 것 같은 기분이군.'

그뿐만이 아니었다.

메세나와 접촉하여 캐스팅한 성소정도 핵심 역할인 윤세주 역을 잘 소화할 것으로 여겨졌다.

성소정은 이전의 시간에서도 〈태양의 후계자〉의 윤세주 역할을 맡은 인물로 윤세주 역할을 통해 큰 명성을 얻어 이후 〈쌈, 마이 로드〉의 주연 자리를 꿰차는 인물이었다.

확실히 대본 리딩 때도 성소정은 윤세주 역을 완성도 높게 소화했다.

연출진의 준비도 나쁘지 않았다.

이전의 시간에서 〈태양의 후계자〉는 공동 작가, 공동 연출을 세운 대작이었다.

KBC 공사 창립 43주년, 한국 방송 89주년 특별 기획 드라마라는 기념비적인 타이틀 때문이기도 했지만 결정적으로 군대라는 '특수 집단'에 대한 채 작가의 이해도가 낮았기 때문이었다.

그런 까닭에 KBC에서는 공동 작가 및 공동 연출가를 세웠고 그 전략이 주효하여 이전의 시간에서도 〈태양의 후계자〉는 엄청난 흥행 성적을 거둘 수 있었다.

하지만 정호는 이번에 굳이 공동 작가를 세우지 않았다.

정호가 미리 받아본 채 작가의 대본은 군대라는 특수 집단에 대한 이해도 쪽으로 전혀 문제가 없었던 것이다.

'여러 가지 이유로 작용하겠지만 결정적으로 이전의 시간보다 채 작가가 〈태양의 후계자〉를 일찍 준비한 게 핵심적이겠지.'

정호를 만나면서 채 작가는 이전의 시간보다 일찍 안정감을 찾을 수 있었다.

특히 정호와 함께한 드라마들은 시기상 몇 년씩 앞서서 성공하는 경우가 많았고 그게 채 작가로 하여금 다음 드라마에 도전할 수 있는 여유와 힘을 줬다.

여유와 힘이 있다고 해서 모든 작가가 집필에 매진하는 것은 아니지만 채 작가는 '일벌레'라는 별칭이 아깝지 않을 정도로 업무에 매진하는 스타일이었다.

그리고 그 결과물이 바로 〈태양의 후계자〉였다.

'물론 채 작가가 직접 연출을 한다면 아무리 자료 조사를 철저하게 했다고 해도 현실성 부분에서 지적을 받을 수밖에 없겠지. 하지만 연출가는 채 작가가 아니다.'

이 부분이 정호가 이전 시간과 동일하게 공동 연출가를 세운 이유였다.

채 작가의 〈태양의 후계자〉는 대본상으로 모든 부분이 완벽했지만 채 작가 홀로 현실성 부분을 잡아내기는 사실 쉽지 않았다.

게다가 워낙 스케일이 방대했기 때문에 한 명의 연출가가 현실성을 가미하는 것에도 애로사항이 발생할 수 있었다.

그런 이유로 정호는 MBS 측에 최고의 연출가 두 명을 붙여줄 것을 요구했다. MBS 사장은 고민할 것도 없다는 듯 이병찬 PD와 권석준 PD를 보냈다.

정호가 바라는 대로 이 PD와 권 PD는 〈태양의 후계자〉를 완성시킬 최고의 연출가들이었다.

'〈구암 허준〉, 〈이산 정조〉, 〈숙빈 최씨〉 등을 다룬 이 PD는 〈태양의 후계자〉의 스케일을 컨트롤할 수 있는 대한민국의 유일한 PD라고 할 수 있다. 거기에 〈스파게티〉, 〈전여친 클럽〉, 〈미스코리아 진〉으로 섬세한 감정선을 담아내는 능력을 인정받은 권 PD라면 더없이 좋은 짝이지.'

두 사람의 연출 궁합은 촬영 준비 때부터 조금씩 진가가 드러나더니 첫 촬영이 시작되자 엄청난 동반 상승 효과를 발휘했다.

선배에 대한 존경심을 기반으로 날카로우면서 섬세하기로 유명한 권 PD가 배우와 스태프들을 움직인 반면, 이 PD는 후배에 대한 포용심으로 전체적인 큰 그림을 무게감 있게 컨트롤했다.

그러자 〈태양의 후계자〉의 모든 배우들과 스태프들이 방대한 스케일에도 불구하고 하나의 톱니바퀴처럼 유기적으로 움직였다.

마지막으로 초호화 OST 앨범에서부터 시작되는 홍보가 빈틈없이 이뤄졌다.

사전 제작이 되는 〈태양의 후계자〉는 〈비밀의 화원〉보다 홍보 기간을 충분히 확보할 필요가 있었다.

〈비밀의 화원〉은 편집이 끝나는 즉시 방송에 내보낼 수 있는 스케일이었지만 〈태양의 후계자〉는 그럴 수가 없었다.

그러다 보니 드라마의 제작 기간이 길어질 수밖에 없었고

또한 그만큼 높은 수준의 홍보를 최대한 오랫동안 이어가야
만 했다.

정호는 이와 관련하여 하기진의 도움을 받았다.

연예계와 관련된 홍보와 마케팅 쪽으로는 정호를 따라올
사람이 없다고 해도 무방했지만 그건 기간이 단기적일 때
의 얘기였다.

시청자들의 기대감을 3개월 이상 유지시킬 방법은 정호
로서도 알지 못했다.

다행히 정호의 곁에는 자신 말고도 이런 홍보와 마케팅
쪽으로 도가 튼 사람이 하나 있었고, 그게 바로 하기진이었
다.

하기진은 순차적 홍보를 제안했다.

"말하기, 보여주기, 스스로 움직이게 하기. 이게 기본적
으로 사용되는 홍보 및 마케팅 방법입니다. 저희는 세 가지
방법을 순차적으로 사용하여 장기적으로 〈태양의 후계자〉
를 홍보할 겁니다."

하기진의 전략대로 움직이기로 했다.

첫 번째로 사용된 건 '말하기'였다.

정호는 예중태의 라인을 활용하여 언론에 기사를 냈다.

〈태양의 후계자〉가 어떤 드라마인지 간략하게 설명하는
내용의 기사였다.

줄거리까지 들어 있는 상세한 설명은 아니었다.

다만 화젯거리가 충분히 되는 것들은 빠짐없이 담았다.

강여운, 채 작가, 공동 연출, 초호화 OST 앨범.

이 네 가지가 적절한 소스로 가미될 수 있게 만들어낸 기사였다.

이런 기사는 점차 퍼져나갔고 그중에서도 특히 초호화 OST 앨범이 사람들의 시선을 끌어당겼다.

[헐? 나 아직도 〈비밀의 화원〉 OST 앨범만 반복 재생을 하고 있는데 〈태양의 후계자〉 OST 앨범이 나온다고?]

[선공개라면 어디서 공개한다는 거임? 이번에도 제스터 오프라인 매장에서부터?]

[와…… 멤버 장난 아니다……. 무슨 그래미 어워드 특별 공연 앨범인 줄 알겠네…….]

그렇게 〈태양의 후계자〉에 대한 '말하기'가 홍보의 도화선이 되었을 때 실제로 제스터 오프라인 매장에는 조금씩 OST 앨범의 곡들이 풀리기 시작했다.

그때 정호는 TV 광고 하나를 내보냈다.

다른 설명은 없고 미리 제작된 〈태양의 후계자〉의 포스터를 들고 한 여자가 제스터 매장에 들어와 짧은 멜로디를 듣다가 '어, 이건?' 하는 표정을 짓는 것이 전부인 광고였다.

두 번째로 사용된 '보여주기'였다.

이 짧은 광고를 본 사람들은 광고에 담겨 있는 의미를 어렵지 않게 파악했다.

—〈태양의 후계자〉의 OST를 미리 듣고 싶다면 제스터의 오프라인 매장으로 가라.

그렇게 강여운의 팬부터 채 작가의 드라마 팬까지 많은 사람들은 제스터 오프라인 매장으로 향했고 한 가지 비밀을 스스로 깨닫게 됐다.

반복 재생으로 〈태양의 후계자〉의 OST 앨범 전체가 재생되는 것이 아닌 매장마다 중간중간 다른 곡이 끼워져 있다는 사실을.

다시 말해서 그건 스스로 움직이지 않으면 〈태양의 후계자〉 OST 앨범의 전곡을 들을 수 없다는 뜻이었다.

이게 바로 세 번째, '스스로 움직이게 하기'였다.

사람들은 하나의 놀이처럼 제스터 오프라인 매장을 다니며 〈태양의 후계자〉의 OST 앨범의 전곡을 수집하기 시작했다.

몰래 녹음하여 앨범처럼 음원을 유터보에 퍼뜨리는 사람도 있었다.

그 과정에서 자연스럽게 긴 기간 동안 〈태양의 후계자〉에 대한 홍보가 이루어졌다.

◇ ◆ ◇

　그렇게 철저한 준비를 기반으로 〈태양의 후계자〉가 착실하게 사전 제작이 됐다.

　〈태양의 후계자〉의 첫 방송 일주일 전, 예중태가 전화를 걸어왔다.

　"정말 정면 대결을 벌이실 겁니까?"

　예중태의 걱정이 담긴 목소리에 정호가 대답했다.

　"물론이죠. 예정대로 준비해 주세요. 아라 엔터테인먼트에 대한 폭로전을."

9장. 곧 재밌는 일이 벌어지겠군요

〈태양의 후계자〉는 첫 화 방송부터 차원이 다른 시청률을 기록했다.

17.6%.

도저히 1, 2화의 시청률이라고는 볼 수 없는 성적이었다.

시청률이 뜨자마자 민봉팔에게 전화가 걸려왔다.

〈태양의 후계자〉의 주연 배우 중에는 총괄매니지먼트부 3팀의 배우가 두 명이나 속해 있었으니, 촉각을 곤두세우지 않을 수 없는 민봉팔이었다.

강여운이야 이제 걱정이 없었지만 차수준은 사고를 칠까 봐 늘 걱정이 됐고 그런 까닭에 1, 2화 성적에 민감할 수밖에 없었다.

"정호야, 대박이다! 아주 대박이 났다!"

내선 전화로 전화를 걸 때면 늘 깍듯이 이사 대우를 해주던 민봉팔이 직급마저 잊고 어린아이처럼 기뻐했다.

정호가 민봉팔의 기뻐하는 목소리를 들으며 낮게 웃었다.

어느 정도 예상은 했다지만 기쁘기는 정호도 마찬가지였다.

'홍보가 주효했어. 특히 기진 씨의 세 가지 전략 중 스스로 움직이게 하기가 제대로 들어갔어.'

제스터의 오프라인 매장을 돌면서 〈태양의 후계자〉의 OST 곡을 찾는 것은 일종의 유행이 됐다.

딱히 옷을 사지 않더라도 제스터 매장이 보이면 스마트폰의 동영상 기능으로 OST의 일부분을 짧게 잘라 SNS에 올리는 게 재밌는 놀이이자 대단한 자랑거리로 여겨졌다.

그리고 그 사람들은 전부 자연스럽게 〈태양의 후계자〉의 충성도 높은 팬이 되었다.

또한 이런 유행이 퍼지는 걸 지켜보며 특별히 드라마를 애청하지 않음에도 불구하고 '〈태양의 후계자〉는 한번쯤 봐볼까?' 하고 생각하는 사람들이 생겨나기도 했다.

그런 식으로 소문이 꼬리에 꼬리를 물었고, 이 홍보 효과는 그대로 〈태양의 후계자〉의 1, 2화 시청률이 되었다.

'이제 중요한 건 이 시청률을 잘 사수하여 더 높은 단계로 넘어갈 수 있느냐는 문제겠지. 비록 1.3%이긴 하지만, 1화보다 2화의 시청률이 근소하게나마 더 높은 것은 고무적이다.'

만면에 웃음을 가득히 띠고 생각을 정리하는 정호에게 민봉팔이 물었다.

"어때, 정호야? 아니. 어떻게 보십니까, 오 이사님? 시청률이 계속 오를 것 같나요?"

내선 전화라는 걸 새삼 깨닫고 직급을 정리하는 민봉팔의 목소리를 들으며 정호가 다시 한 번 낮게 웃었다.

그러고는 대답했다.

"아마 오를 거야. 기진 씨의 OST 앨범 홍보 전략은 청년층을 대상으로 한 거니깐. 〈태양의 후계자〉 1, 2화를 시청한 사람들도 아마 대부분 청년층일 가능성이 높지."

사실 드라마는 청년층만큼이나 중년층의 공략이 중요했다.

직장을 가졌다는 이유로, 집에서 육아를 한다는 이유 등으로 드라마를 즐기는 경우가 상대적으로 많았고 이런 중년층의 경우에는 SNS상의 활동에 익숙하지 않은 편이었다.

이런 사람들은 그저 'SNS상에서 〈태양의 후계자〉 OST 앨범 찾기 놀이가 벌어지고 있구나.' 하고 말뿐이었다.

또한 OST 앨범 찾기 같은 놀이가 벌어지고 있다는 사실
조차 모르는 사람들도 있었다.

장년층에 속하는 사람들이었는데 이 사람들 역시 드라마
를 즐기는 중요한 세대였다.

오히려 이 두 세대에 비하면 청년층은 본방 사수보다는
다시보기 등의 콘텐츠를 이용한다고 봐야 했다.

그러니깐 결국 〈태양의 후계자〉 1, 2화를 시청한 청년층
들은 드라마 시장 쪽에서는 보너스 같은 존재였지 핵심은
아니었다.

'〈태양의 후계자〉가 입소문이 날수록 이 중장년층이 따
라붙겠지. 그럼 자연스럽게 시청률은 더 높아질 거야. 드라
마가 이렇게 재밌는데 진정한 드라마 팬이라고 할 수 있는
중장년층이 〈태양의 후계자〉를 보지 않을 리가 없어.'

이게 정호가 〈태양의 후계자〉의 성공을 확신하는 이유였
다.

중장년층에게는 특별한 홍보가 필요하지 않았다.

'TV 앞으로 올 수 있게 유도해야 하는 청년층과 달리 중
년층과 장년층은 이미 TV 앞에 앉아서 채널을 돌리며 드라
마를 찾아보고 있을 테니깐.'

정호는 이 부분을 민봉팔에게 설명했다.

"그렇구나. 그럼 이제 축배만 들면 되는 건가?"

◇ ◆ ◇

정호의 예상대로 방송이 거듭될수록 중장년층이 〈태양의 후계자〉에 따라붙었고 시청률은 꾸준히 올랐다.

그리고 〈태양의 후계자〉는 6화만에 27.9%라는 경이적인 시청률을 기록했다.

벌써부터 모든 언론사가 〈태양의 후계자〉의 성공을 예측하며 기사를 내고 있었다.

오랜만에 시청률 45%를 넘기는 드라마가 등장할 것이라는 기사가 나오기도 했다.

재밌는 건 이런 기사를 비웃는 사람이 아무도 없다는 사실이었다.

[확실히 이번에는 저런 기사가 장난처럼 느껴지지가 않는다ㄷㄷㄷㄷ]

[ㅋㅋㅋ맞음ㅋㅋㅋ 장난이 아님ㅋㅋㅋ 이번에는 진짜임ㅋㅋㅋㅋ]

[MBS는 뭐 하냐! 드라마를 두 화씩 빨리 방영해라! 나 현기증이 날 것 같다…….]

[아ㅠㅠ 정말 언제 수요일이 다시 돌아오는 거야ㅠㅠㅠㅠㅠ]

[수요일은 언젠가 옵니다ㅎㅎㅎ 기다리다 지쳐서 시체로 남을 즈음에ㅎㅎㅎㅎ]

[ㅋㅋㅋㅋㅋㅋ근데 강여운 왜 이렇게 예쁜지 이유를 아
시는 분 있나요?ㅋㅋㅋㅋㅋ]

[누구? 홍캐리?]

[ㅋㅋ홍캐리ㅋㅋㅋㅋ 홍캐리 소리 좀 그만하라고ㅋㅋㅋ
ㅋㅋ 무슨 나는 내가 보는 드라마가 〈태양의 후계자〉 아니
고 〈자명시계〉인 줄 알았다ㅋㅋㅋㅋㅋ]

[〈자명시계〉? 설마 채민수?ㅋㅋㅋㅋ]

[강여운이 쓰는 화장품이 어디 거죠? 립이요ㅋ]

[ㄴ제스터 울트라레드 블라썸 립ㅎㅎㅎ]

[〈태양의 후계자〉의 모든 의상부터 화장품까지 전부 제
스터의 것입니다ㅋㅋㅋㅋ 물어보지 말고 그냥 제스터로 가
세요ㅋㅋㅋㅋ]

[뭔 소리야ㅋㅋㅋㅋ 그럼 군복도 제스터 거냐?ㅋㅋㅋㅋ]

[군복은 아니지만 제스터에서 카모 스타일로 옷 많이 나
오더라ㅋㅋㅋ]

[그건 이미 예전부터 유행임;;]

[근데 채 작가 올해에 진짜 미친 사람 같음ㅇㅇ 이런 드
라마를 두 편이나 쓴다고?]

[ㅋㅋㅋ저는 그래서 행복합니다ㅋㅋㅋ 채 작가님 드라마
아니면 안 보거든요ㅋㅋㅋ]

[솔직히 〈태양의 후계자〉를 따라올 드라마가 없음ㅋㅋㅋ
〈나의 화려한 싱글기〉도 4화까지는 재밌었는데 5, 6화에서

갑자기 전개가 이상함ㅋㅋㅋ]

[〈나의 화려한 싱글기〉는 전개의 문제라기보다는 연출과 배우의 문제인 거 같던데?]

[ㄴ약간 그런 느낌ㅇㅇ]

[〈태양의 후계자〉 재밌다! 너무 재밌다!]

가히 폭발적이라고 할 수 있는 반응이었다.

뿐만 아니라 이 반응들은 하나같이 호의적인 색깔을 띠고 있었다.

함부로 부정적인 의견을 말하는 사람은 없었다.

꼬투리를 잡으려면 잡을 수 있겠지만 성공을 향한 〈태양의 후계자〉의 행보가 워낙 거침이 없어서 악플러들조차도 압도를 당하는 느낌이었다.

'좋은 분위기야. 이 분위기를 잘 활용할 필요가 있다.'

정호는 〈태양의 후계자〉의 성공을 한 치도 의심하지 않았다.

단순히 성공하는 정도가 아니라 잘 만하면 역대급 성적을 낼 수도 있다고 생각했다.

'내가 현재 예상하고 있는 성적은 46% 정도이다. 하지만 한 가지 전략이 더 결합된다면 이 전략을 기점으로 더 높은 성적을 낼 수도 있을 거야.'

이런 생각을 하고 있을 때 예중태로부터 전화가 왔다.

"세팅이 끝났습니다. 내일 촬영 들어가면 아마 〈태양의 후계자〉 11, 12화 방송 시기쯤에 방송을 내보낼 수 있을 것 같습니다."

정호가 대답했다.

"고생하셨습니다. 그럼 내일 뵙겠습니다."

◇ ◆ ◇

MBS의 시사 프로그램 스튜디오.

그곳에는 예중태와 정호가 마주 보고 서 있었다.

예중태가 정호에게 설명했다.

"방송은 〈드라마 시장을 헤치는 3대 소속사의 독점〉이라는 주제로 토론을 하는 것으로 진행될 겁니다. 총 12명의 토론자가 격렬하게 토론을 벌일 것이고, 제가 중간에 신호를 드리면 오 이사님이 나오셔서 심층 분석을 해주시면 됩니다."

정호는 〈태양의 후계자〉의 성공을 예측하며 한 가지 전략을 세웠다.

그것은 바로 예중태의 시사 프로그램을 활용해 아라, 힛, 큐의 드라마 시장의 독점을 폭로하는 것이었다.

원래 정호는 채 작가의 드라마 두 편만으로 아라, 힛, 큐의 드라마 시장 독점을 저지하려고 했다.

〈비밀의 화원〉과 〈태양의 후계자〉를 각각 전반기, 후반기에 내보내면 그 한 해를 '채 작가의 드라마 시대'로 만들 수 있다는 게 정호의 계산이었다.

이 계산은 그대로 맞아 들어가고 있었다.

아라, 힛, 큐는 드라마 시장을 거의 독점하다시피 했음에도 불구하고 〈비밀의 화원〉과 〈태양의 후계자〉의 흥행으로 이렇다 할 성과를 내지 못하고 있었다.

'본래라면 이게 내 전략의 끝이었지.'

하지만 아라 엔터테인먼트에서 채 작가의 보조 작가들을 빼가는 걸 보며 정호는 생각을 바꿨다.

'정도에 넘치는 행위는 언제나 보복을 받아야 하는 법.'

그래서 정호가 생각한 것이 예중태의 시사 프로그램이었다.

정호는 이 시사 프로그램을 통해서 아라, 힛, 큐의 드라마 독점 사태를 폭로하고, 이로 인한 드라마 시장의 부작용까지 드러낼 생각이었다.

방송이 어떻게 진행될지 대략적인 설명을 마친 예중태가 다시 한 번 물었다.

"정말 괜찮으신 겁니까? 이대로 방송을 엎을 수도 있습니다. 하다못해 오 이사님이 나오지 않는 방향으로 방송을 수정하기만 해도……."

정호가 예중태의 말을 끊으며 고개를 가로저었다.

"저는 괜찮습니다. 게다가 상황이 이렇게 된 데에는 제 영향도 무시할 수 없겠지요. 위험은 감수하겠습니다. 드라마 시장을 위해서 이런 위험 정도는 감수해야지요."

정호의 단호한 대답에 예중태가 고개를 끄덕였다.

어차피 촬영 직전까지 온 마당한 정호가 자신의 의지를 꺾을 거라고는 예중태도 생각하지 않았다.

예중태가 분위기를 바꾸며 물었다.

"알겠습니다. 그나저나 리허설을 좀 해보시겠습니까?"

"괜찮습니다. 발표 준비는 집에서 한 걸로 충분합니다."

"기진 씨가 오 이사님의 발표를 듣고 충격을 받았다고 했던 게 기억이 나는군요. 어서 오 이사님의 발표를 보고 싶습니다."

예중태와 하기진은 최근 꽤 친분을 쌓고 있는 중이었다.

정호가 부탁한 일을 처리하면서 쌓인 친분이라고 할 수 있었다.

하기진은 제스터의 성장과 회만, 홍대에 있는 예술 마을을 살피면서도 꾸준히 컨설팅 의뢰를 처리하는 중이었다.

예술 마을의 확장금과 정호의 기반금을 마련하기 위한 움직임이었다.

이 과정에서 하기진은 홍보 및 마케팅을 위해 예중태의 도움을 자주 받았는데 이때 두 사람이 친분을 쌓았다.

언제 걱정을 했냐는 듯 기대감으로 눈을 반짝이고 있는 예중태에게 정호가 대답했다.

"기대에 부흥하려면 NG 한 번 내서는 안 되겠군요."

정호의 말에 예중태가 웃으며 대꾸했다.

"하하하. 한 번쯤은 NG를 내도 제가 용서하고 넘어가드리겠습니다."

정호가 마주 웃으며 말했다.

"그거 고맙군요. 근데 꼭 한 번뿐입니까?"

그렇게 두 사람이 앞으로의 일에 대한 걱정을 잊고 즐겁게 대화를 나누고 있을 때 시사 프로그램 PD가 외쳤다.

"이제 방송 들어가겠습니다! 출연자들은 자리에 위치해 주세요!"

환한 미소를 짓던 두 사람의 표정이 바뀌었다.

예중태가 긴장감이 섞인 뜨거운 눈빛으로 정호를 바라봤고 정호가 그 눈빛을 보며 입을 열었다.

"곧 재밌는 일이 벌어지겠군요."

매니지먼트 제왕

10장. 증명

　예중태의 말대로 시사 프로그램의 토론은 치열했다.

　〈드라마 시장을 헤치는 3대 소속사의 독점〉이라는 주제를 두고 옹호와 비난의 의견이 첨예하게 대립했다.

　발언 시간 3분을 넘겨 의견을 제시하는 경우가 너무 많아서 예중태가 적절히 끼어들어 제지를 해야 할 정도였다.

　'방송으로 볼 때와는 또 다른 느낌이군. 생각보다 더 치열하고 더 수준이 높다. 이게 중태 씨의 시사 프로그램이 지금까지 흥하는 이유겠지.'

　예중태의 시사 프로그램은 포맷 또한 다양했다.

　법정, 청문회, 뉴스, 예능 등을 적절히 접목하여 매번 독특한 시사 프로그램을 꾸몄다.

거의 매 방송이 특집이었고 이런 포맷의 다양성이 예중태의 시사 프로그램을 '시사계의 〈인피니트 챌린지〉'라는 별명으로 불리게 만들었다.

실제로 예중태의 시사 프로그램은 〈예중태의 거기! 당신?〉이라는 본래 이름보다 '시사계의 〈인피니트 챌린지〉'라는 별명으로 자주 불렸다.

'이번 특집도 토론회의 포맷을 가져와 적절하게 시사 프로그램을 꾸렸다. 토론회의 핵심은 무엇보다도…… 토론자지.'

섭외된 열두 명의 토론자들의 면면을 살피던 정호가 고개를 끄덕였다.

면면을 살펴보니 이 시사 프로그램을 매번 준비하는 예중태와 담당 PD의 역량을 인정할 수밖에 없었기 때문이었다.

'단순히 옹호와 비난의 의견을 가진 사람을 데려온 게 아니야. 정치 성향부터 전문 분야, 생활양식 등이 전부 다른 대표 격의 사람들을 모았다. 그리고 결정적으로 옹호와 비난의 정도가 달라.'

흔히 강력한 옹호를 하는 토론자와 강력한 비난을 하는 토론자가 토론을 벌이면 토론이 격렬해질 거라고 생각하지만 그건 사실이 아니었다.

오히려 그럴 경우 서로가 너무 극과 극에 있다는 사실을 깨닫고 타협하기를 아예 포기하기 때문이었다.

그래서 옹호와 비난의 정도가 다양한 사람들을 데려올 필요가 있었다.

강력한 옹호를 하는 토론자와 강력한 비난을 하는 토론자의 중간다리 역할을 할 수 있는 그런 사람들이 필요했다.

'예중태와 담당 PD가 그런 사람들을 적절히 데려왔다. 그러다 보니 토론이 점점 격렬해지고 있어. 특히 저 사람.'

정호가 바라보는 곳에는 얼굴이 붉게 달아오를 정도로 흥분한 한 남자가 앉아 있었다.

우리나라 최고의 대학으로 첫손에 꼽히는 한국대 국문과 서사문화학 전공 교수, 철상주라는 사람이었다.

철 교수는 누구보다 흥분하며 3대 소속사를 옹호하고 있었다.

방송 전, 예중태가 귀띔을 해준 바에 따르면 아라 엔터테인먼트와 긴밀한 커넥션을 가진 이였다.

'철 교수가 최 대표의 대학 선배라고 했던가?'

철 교수는 3분 발언 토론이 끝나고 자유 토론이 시작되자마자 자리에서 일어나 흥분하여 목소리를 높였다.

"드라마 시장 독점이라니요! 이건 주제부터 잘못됐어요!

정말 3대 소속사가 모든 편성권을 가져왔습니까? 그런데 〈비밀의 화원〉이나 〈태양의 후계자〉가 이렇게나 잘돼요?"

철 교수의 말에 비난 쪽 토론자가 반응했다.

비난 쪽에 앉아 있지만 중도의 의견에 가까운 대중미디어 평론가였다.

"〈비밀의 화원〉이나 〈태양의 후계자〉가 잘된 건 작품이 좋아서 아닙니까?"

자신의 말에 반대하자 철 교수가 더 큰 소리로 말했다.

"그 두 작품만 좋았어요? 다른 작품도 좋았지! 그리고 독점이라면 그 두 작품은 도대체 어떻게 방영이 된 겁니까?"

"독점에 가까운 행태를 보이고 있다는 걸 강력하게 표현한 것이지 진짜 독점이라는 얘기는 아닌 것 같은데……."

"아니긴 뭐가 아니야! 네가 그걸 어떻게 알아? 네가 이 방송 만들었어? 그리고 독점이 뭐가 잘못인데? 다른 소속사가 능력이 없으니 독점이나 당하는 거 아니야!"

철 교수가 몹시 흥분했는지 대중미디어 평론가에게 반말을 하며 삿대질을 했다.

이쯤 되자 대중미디어 평론가도 화가 났다.

"지금 반말하시는 겁니까?"

대중미디어 평론가의 반문에 철 교수가 뻔뻔하게 대답했다.

"왜 내가 반말을 하면 안 되는 건데? 딱 봐도 나보다 나이가 어린 주제에!"

토론이 격렬해지는 걸 지켜보던 예중태가 끼어들었다.

"자자, 두 분 다 그만하시고 착석해 주십시오. 분위기가 너무 과열이 된 것 같습니다. 이쯤해서 〈드라마 시장을 헤치는 3대 소속사의 독점〉이라는 주제와 직접적으로 연관이 된 업계 종사자의 전문 분석을 들어보도록 하겠습니다. 분석은 발표 형식으로 이뤄질 예정이고요. 발표가 모두 끝난 다음에 질의응답이 이어지겠습니다. 모시겠습니다. 청월 엔터테인먼트의 이사직을 맡고 있는 오정호 님입니다."

예중태의 소개가 신호였다.

신호에 따라 정호가 스튜디오 안으로 모습을 드러냈고 토론자들은 모두 동그랗게 눈을 떴다.

〈드라마 시장을 헤치는 3대 소속사의 독점〉라는 주제로 토론을 할 만큼 토론자들은 드라마 시장과 밀접한 연관성이 있는 편이었다.

그러다 보니 〈비밀의 화원〉과 〈태양의 후계자〉를 연달아 성공시키는 데 정호의 활약이 있었음을 모르는 사람이 없었다.

'저 사람이 어째서?'

'저런 분이 어떻게 여기까지?'

다들 이런 눈을 하고 있었다.

사람들의 반응을 살피며 예중태가 고개를 끄덕였다.

전혀 이상하지 않은 반응이었다.

정호는 여기 모인 사람들 중에서 드라마 시장에 대해 가장 잘 알고 있는 현장 전문가였다.

다시 말해서 그건 〈드라마 시장을 헤치는 3대 소속사의 독점〉이라는 토론 주제에 대한 가장 전문적인 의견을 낼 수 있는 사람이라는 뜻이었다.

다들 그렇게 놀라는 동안 정호가 발표를 위한 자리에 섰고 사전에 협의된 대로 짧은 인터뷰가 진행됐다.

예중태가 먼저 입을 열었다.

"안녕하세요, 오정호 님."

"네, 안녕하세요."

"오늘 토론 주제에 대한 전문 분석을 해주실 분으로 이 자리에 모셨는데 소속이 청월 엔터테인먼트라고요?"

"맞습니다."

예중태가 놀라며 물었다.

"청월이라면 최근 방영되는 〈태양의 후계자〉를 제작한 회사로 알고 있는데요? 올해 초에는 〈비밀의 화원〉을 제작했고요. 그렇습니까?"

정호의 입을 향해 토론자들의 시선이 집중됐다.

정호는 그 시선을 느끼며 대답했다.

"그렇다고 할 수 있죠. 하지만 두 작품의 제작사는 프롬 프로덕션이라는 회사입니다."

"어쨌든 두 작품을 제작한 것이 청월 엔터테인먼트나 다름없다, 이 말씀이시죠?"

"네."

토론 주제의 옹호 쪽 토론자들이 침음을 흘렸다.

정호의 등장으로 토론이 쉽지 않게 흘러갈 거라고 생각하는 듯했다.

예중태가 그런 반응을 느끼며 입을 열었다.

"저희 〈예중태의 거기! 당신?〉이 이번에 제대로 된 전문가분을 모셨군요. 그럼 발표 시작 부탁드리겠습니다."

정호가 고개를 끄덕였고 정호 뒤쪽의 대형 화면에 정호가 준비한 자료가 떠올랐다.

"안녕하세요. 다시 한 번 인사드립니다. 〈드라마 시장을 헤치는 3대 소속사의 독점〉의 분석을 맡은 청월 엔터테인먼트의 오정호라고 합니다. 발표 시작하겠습니다."

정호가 등장했다는 사실만으로도 토론자들은 어느 정도 압도가 된 상황이었다.

그러다 보니 토론자들은 자연스럽게 정호의 발표에 집중했다.

또한 정호의 발표는 수준급이었다.

깔끔하게 정리된 분석 자료와 통계 자료를 기반으로 정호는 특유의 담담하고 정확한 발음으로 발표를 이어 나갔고 토론자들은 정호의 발표에 점차 매료되어 갔다.

자신의 이름을 딴 프로그램을 진행하는 예중태마저도 놀랄 만큼의 뛰어난 발표 실력이었다.

'괜히 기진 씨가 입에 침이 마르도록 칭찬을 한 것이 아니었군.'

이런 생각을 하고 있을 때 발표 내용 중 가장 핵심이라고 할 수 있을 만한 것이 튀어나왔다.

바로 올 한 해 편성된 드라마의 전체 숫자와 그 편성을 가져간 제작사가 정리된 표였다.

"이 표를 보시고 조금 놀라셨을 겁니다. '어? 생각보다 3대 소속사의 이름이 없네?'라고 생각하는 분들도 계시겠죠. 그 이유는 이것이 제작사를 기준으로 만들어진 통계 자료이기 때문입니다. 실제로 3대 소속사가 직접 제작하는 드라마는 많지 않기 때문에 이 통계 자료에는 3대 소속사의 이름이 별로 없습니다. 하지만 3대 소속사 산하에 있다고 봐도 다름이 없는 제작사를 정리하여 통계 자료를 다시 꾸리면……."

정호가 리모컨을 누르자 원그래프로 나타난 통계 자료의 색깔이 바뀌었다.

"이렇게 됩니다."

충격적인 결과에 토론자들이 모두 놀랐다.

원그래프가 3대 소속사의 색깔로 가득 찼기 때문이었다.

3대 소속사 산하에 있다고 볼 수밖에 없는 제작사들의 이름을 3대 소속사의 이름으로 바꾸자 원그래프를 압도적으로 잠식하고 있는 것은 역시나 아라 엔터테인먼트였다.

아라 엔터테인먼트는 올해 편성된 총 101개의 드라마 중에서 53개의 편성을 따내 드라마를 제작하여 내보낸 상태였다.

그다음으로 많은 편성을 따낸 소속사는 다름 아닌 힛 엔터테인먼트와 큐 엔터테인먼트였다.

각각 힛 엔터테인먼트와 큐 엔터테인먼트는 15개, 13개의 편성을 따냈고 드라마를 내보냈다.

이후로는 두 자릿수 이상의 편성을 따낸 소속사가 없었다.

코끼리팩토리가 8개의 편성을 따냈고 메세나가 5개의 편성을 따냈다.

청월이 따낸 편성은 단 2개에 불과했다.

그 외의 남은 편성은 다른 소속사들이 1개씩 사이좋게 나눠가진 상태였다.

그래봐야 4개밖에 되지 않았지만.

토론자들이 충격에 헤어 나오지 못한 채 입을 떡 벌리고 있을 때 정호가 발표를 이어 나갔다.

"보시면 아시겠지만 올해의 드라마 편성은 공격적인 전략으로 모두 3대 소속사의 손에 넘어간 상황입니다. 심지어 남은 자리조차 소규모 소속사들은 넘보지 못하고 있습니다. 한 자릿수의 편성을 따낸 소속사들조차 이름과 규모가 대단한 편이기 때문입니다. 긴말이 필요하지 않을 겁니다. 이로 인해 신인 작가들과 소규모 소속사들, 그리고 그 소속사에 소속된 배우들이 어떤 시간을 보냈는지."

정호는 여기까지 말하고 입을 다물었다.

하지만 옹호와 비난으로 갈라져 격렬하게 토론을 벌이던 모두가 어렵지 않게 상상할 수 있었다.

정호가 언급한 이들이 어떤 시간을 보냈는지에 대해서.

비난의 입장에 있던 사람들은 이런 일이 벌어져 안타깝다는 표정을 지었고 옹호의 입장에 있던 사람들은 얼굴이 하얗게 질린 채 거의 패배를 시인하고 있었다.

하지만 모두가 그런 것은 아니었다.

누구보다도 격렬하게 3대 소속사를 옹호했던 철 교수가 자리에서 벌떡 일어나 외쳤다.

"모두 거짓말이야! 이 통계 자료는 모두 거짓말이라고! 편집해! 이 부분 전부 편집해!"

철 교수의 돌발행동을 예중태가 제지했다.

"지금은 전문가의 분석 발표 시간입니다. 이 발표가 끝나고 의견을 내주시면 감사하겠습니다."

하지만 철 교수는 막무가내였다.

"저 자료는 전부 거짓이라고! 치워! 당장 치워! 편집하라고!"

결국 참다못한 예중태가 스태프들에게 신호를 보냈고 스태프들이 스튜디오로 들이닥쳐 철 교수를 말리려는 찰나, 정호가 입을 열었다.

"뭐가 거짓이라는 겁니까?"

정호는 낮은 목소리를 말했지만 정호의 한마디에 모든 사람들이 멈춰 섰다.

도저히 범접할 수 없는 어떤 아우라가 정호에게 느껴졌기 때문이었다.

철 교수가 그런 정호에게 비웃음을 날리며 말했다.

"저 자료가 거짓말이라고 말하는 거야. 증명해봐. 3대 소속사와 드라마 제작사가 어떤 연관 관계가 있는지."

철 교수를 비난하듯 바라보던 토론자들이 눈빛이 바뀌었다.

철 교수의 막무가내식 태도는 불쾌하지만 확실히 일리가 있는 말이었기 때문이었다.

토론자들은 고개를 돌려 정호를 바라봤다.

그 눈빛에는 정호에게 연관성을 증명해 보이라는 뜻이 담겨 있었다.

정호가 고개를 끄덕이며 말했다.

"그렇군요. 아직 그걸 보여주지 않았군요."

정호는 이렇게 말하며 자연스럽게 리모컨의 버튼을 눌렀다.

그러자 철 교수가 요구한 자료가 나타났다.

그건 3대 소속사가 드라마 제작사와의 협업을 발표한 기사들이었다.

'젠장, 이런 자료라니⋯⋯.'

철 교수는 더 이상 말을 잇지 못하고 그 자리에 털썩, 주저앉았다.

누군가 드라마 시장의 독점 문제를 빌미로 삼을 거라고 생각하지 못한 3대 소속사의 안일한 대처가 불러온 참사였다.

확실히 원래라면 소속사와 드라마 제작사의 협업은 큰 문제가 되지 않았다.

실제로 청월도 정 대표의 프롬 프로덕션과 협업에 가까운 작업을 벌여왔다.

〈비밀의 화원〉이나 〈태양의 후계자〉가 두 회사의 협업으로 만들어진 작품이라는 걸 이 자리에서 거의 대놓고 밝히기도 했고.

'보통 소속사와 드라마 제작사의 긴밀한 협업 관계는 자랑거리라고 할 수 있다. 소속 배우나 아직 소속이 없는 배우들에게 해당 소속사의 안정성을 홍보할 수 있는 결정적인 요소이니깐. 반대로 드라마 제작사 입장에서는 협업을 하면 캐스팅 우선권을 가질 수 있다. 드라마 작가만큼이나 주연급 배우도 편성 숫자에 비해 부족한 상황이기 때문에 협업은 놓치기 아까운 기회지.'

그런 까닭에 소속사와 드라마 제작사의 협업을 밝히는 건 아무런 문젯거리가 아니었다.

심지어 누군가 협업 관계를 모두 밝혀내 3대 소속사의 독점 사실을 고발한다고 해도 원래라면 덮을 수 있는 문제였고 동시에 3대 소속사의 능력으로 포장할 수 있는 부분이기도 했다.

'하지만 현재 상황은 다르다. 3대 소속사는 크게 두 가지 실수를 저질렀어. 그것이 그들을 행태를 고발할 수 있는 중요한 빌미로 작용했지.'

하나는 이번만큼은 그들이 단순히 협업만을 한 게 아니란 사실이었다.

정호는 3대 소속사와 드라마 제작사들의 협업을 통계 자료로 밝힌 후, 이어서 다른 통계 자료를 하나 더 보여줬다.

그것은 바로 3대 소속사와 협업 관계에 있는 드라마 제작사들이 작년 말부터 현재까지 영입한 드라마 작가의 숫자와 해당 드라마 작가들이 얼마나 드라마를 방송에 내보냈는지를 보여주는 통계 자료였다.

그리고 그 결과, 놀랍게도 올해 3대 소속사가 내보낸 드라마의 97%가 새로 영입한 드라마 작가의 작품임이 사실로 밝혀졌다.

다시 말해 이 통계 자료를 통해서 3대 소속사가 드라마 작가들을 영입하여 적극적으로 드라마 시장을 독점하려 했다는 '의도'가 드러난 셈이었다.

대중미디어 평론가는 자신도 모르게 "말도 안 돼."라고 중얼거렸다.

토론 주제에 비난 쪽에 서 있던 그로서도 이런 통계 자료가 있을 거라고 생각하지 못한 모양이었다.

그러고는 잠시 후, 한 가지 사실을 깨달은 대중미디어 평론가가 통계 자료에서 눈을 떼고 정호를 바라봤다.

다른 토론자들도 마찬가지였다.

모두가 고개를 돌려 정호를 바라보며 경악에 가까운 표정을 짓고 있었다.

'그런데도 청월은 3대 소속사를 집어삼켰다고? 단 2개의 편성으로?'

이게 3대 소속사가 저지른 두 번째 실수였다.

3대 소속사는 단 2개의 편성을 따낸 청월이 〈비밀의 화원〉이나 〈태양의 후계자〉 같은 대작을 만들어낼 거라고 도무지 예측하지 못했다.

3대 소속사만이 아니었다.

청월과 관계된 사람들을 제외한 전문가를 자청하는 모든 사람들이 이런 상황을 예측하지 못했다.

그렇게 이 사실은 지금 이 자리에서 '스토리'로 탈바꿈됐다.

3대 소속사의 드라마 시장 독점을 청월이 저지했다는 그런 '스토리' 말이다.

여기까지 상황을 파악한 것은 예중태와 토론자들 중에서도 몇몇 사람들뿐이었다.

그들은 경악을 넘어서 사람의 범주를 초월한 존재를 바라보듯 정호를 바라봤다.

예중태가 속으로 생각했다.

'기진 씨가…… 오 이사님 발표의 대단함을 말로 전부 설명하지 못했구나!'

이후 발표는 계속됐고 철 교수는 얼굴이 벌게진 채 자리에만 앉아 있었다.

정호는 그런 철 교수가 안중에도 없다는 듯 전문 분석 발표를 깔끔하게 끝냈다.

◇ ◆ ◇

한 주가 지나고 예중태의 시사 프로그램이 방송됐다.

철 교수에게 전해 들었는지 방송을 그대로 내보내면 명예훼손으로 소송하겠다고 3대 소속사가 MBS 사장에게 겁을 줬지만 MBS 사장은 콧방귀를 뀌었다.

방송은 토론자들의 열띤 토론 부분만 일부 편집되고 나머지는 그대로 나갔다.

특히 정호가 전문 분석을 하는 부분은 손 하나 대지 않은 것 같았다.

예중태의 시사 프로그램을 모니터링하던 정호가 속으로 중얼거렸다.

'이렇게 보니 너무 적나라한데? 철 교수가 저 정도로 흥분을 했었나?'

그렇게 예중태의 시사 프로그램이 끝나고 나자 관련 기사가 쏟아지기 시작했다.

정호의 예상대로 3대 소속사를 맹비난하는 기사들이었다.

중간중간 안하무인이나 다름없는 철 교수의 태도를 꼬집는 기사들도 빠지지 않았다.

'반응이 상당하군. 댓글도 빠르게 쌓이고 있어. 분위기가 좋다.'

정호가 생각을 정리하며 찬찬히 기사들을 살펴보고 있을 때 예중태로부터 전화가 왔다.

"어떻게 할까요? 추가적으로 기사를 내보낼까요?"

"기다리세요. 아직 반응이 더 와야 할 것 같습니다."

"역시 그렇죠? 알겠습니다. 12시간 후에 기사를 내보내겠습니다."

정확히 12시간이 지나자 예중태와 밀접한 연관을 가진 언론사들이 기사를 내보내기 시작했다.

그 내용은 3대 소속사의 드라마 시장 독점을 비난하느라 미처 알아채지 못한 청월의 대단함을 칭찬하는 기사였다.

—청월은 단 2개의 편성으로 3대 소속사의 드라마 시장 독점을 막았다. 자칫 잘못하다간 신인 드라마 작가들과 신인 배우들이 3대 소속사에게 크나큰 고통을 당할 수도 있는 상황이었다.

—3대 소속사의 드라마 시장 독점은 시청자에 대한 우롱과 기만이 섞였다는 생각을 지울 수 없게 한다. 청월이 없었다면 어땠을까? 시청자로서는 떠올리기도 싫은 상상이다.

—독점보다 나쁜 것은 어쩌면 재미없는 드라마를 계속 찍어내는 것일지도 모른다. 그런 측면에서 볼 때 문제는 3대 소속사의 드라마 시장 독점이 재미없는 드라마를 찍을

수밖에 없는 '시스템'이라는 사실이다. 3대 소속사는 드라마 시장을 독점하기 위해 아직 준비되지 않은 드라마 작가들에게 집필을 강요했고 설익은 배우들에게 주연급 배우가 되라고 강요했다.

—"나는 개인적으로 꿈을 좇는 작가들이, 배우들이 신념을 확고히 할 필요가 있다고 생각한다. 아무리 많은 돈을 준다고 해도 그것이 행복으로 가는 길이 아니라면 과감히 떨쳐낼 필요가 있다. 어느 정도의 수준까지는 돈이 행복을 불러오지만 어느 정도의 수준이 지나면 행복이 돈을 불러온다. 응당 작가라면, 배우라면 어느 정도 수준 이상의 꿈을 좇을 필요가 있다고 본다." 고명대 연극과 장평남 교수.

—시장을 헤치려고 했던 3대 소속사에 대항하여 청월이 해낸 일은 대단했다. 이것이야말로 가슴을 뜨겁게 만드는 한 편의 드라마였다. 한 가지 더 바라건대 청월이 조금 더 힘을 내서 독점으로 고통 받던 작가들과 배우들에게 희망을 주면 어떨까 생각한다.

3대 소속사에 대한 비난 일색이었던 기사들은 점차 청월에 대한 칭찬과 기대를 품기 시작했다.

그건 이런 기사들을 접한 다른 사람들도 마찬가지였다.

수많은 시청자들은 3대 소속사를 비난하면서 동시에, 청월의 조처를 기대했다.

이 기대는 그대로 〈태양의 후계자〉의 시청률로 이어졌다.

그 전까지도 가파르게 상승하던 〈태양의 후계자〉의 시청률이 13, 14화에서 47.3%를 기록했다.

당초에 수많은 언론사가 예상했던 45%대 시청률을 훌쩍 뛰어넘는 기록이었다.

시청률을 확인한 정호가 주먹을 불끈 쥐었다.

'됐다! 원래 계획했던 시청률은 넘어 섰어!'

시청률도 시청률이지만 정호가 기쁘게 받아들인 것은 시청자들의 반응이었다.

시청자들은 채 작가가 마음먹고 회수하여 수정한 13, 14화 방송분에 대한 호평을 끊임없이 늘어놨다.

[상상도 못 한 전개…… 13, 14화 퀄리티 뭐냐?ㅋㅋㅋㅋㅋ]

[드디어 강대윤과 윤세주가 이어지는 건가요? 어떻게 되는 거예요, 작가님!]

[궁금해하지 않으련다…… 근데 궁금하다…… 하지만 궁금해하지 않으련다…… 근데 궁금하다……]

[강주연, 유서진 커플이 더 문제임ㅋㅋㅋㅋㅋ 그래서 강주연이 유서진 구한 거 맞죠?ㅋㅋㅋㅋ]

[전염병 치료제 만든 거 같습니다ㅇㅇ]

[왜 백신으로 보이는 플라스크를 꺼내다가 장면이 넘어가냐고!]

[못 구할 리가 없어…… 설마 15, 16화에서 유서진 국장이 나오는 거 아니겠죠?ㅋㅋㅋㅋ]

[재수 없는 소리하지 말아요! 우리 서진이는 안 죽어요!]

[보통 드라마는 후반부로 갈수록 힘이 떨어지기 마련인데 〈태양의 후계자〉는 후반부도 미친 듯이 쫄깃하구나!ㅋㅋㅋㅋㅋ 그래서 미치겠다!ㅋㅋㅋㅋㅋㅋㅋ]

[영원히 고통 받는 두 쌍의 국민 커플ㅋㅋㅋㅋㅋㅋㅋㅋ]

그렇게 15, 16화에 대한 긴장감과 궁금증을 남긴 채 한 주가 지나갔고 〈태양의 후계자〉의 마지막 방송이 어떻게 될지 궁금했던 사람들은 자발적으로 본방을 사수하기 위해 모였다.

심지어 '〈태양의 후계자〉 본방 사수 결사대'라는 것이 생길 정도였다.

'채 작가님의 마음에 불이 붙은 게 이렇게 호사로 작용했구나. 왠지 나도 〈태양의 후계자〉의 마지막 화가 기대되는걸?

기대하기는 윤 대표도 마찬가지였던 모양이었다.

윤 대표는 사내 인트라넷을 통해서 휴게실에 모여 청월의 전 직원이 〈태양의 후계자〉를 볼 수 있도록 권유했다.

워낙 능동적이고 자유로운 분위기의 회사인 청월이었기 때문에 강제성은 전혀 없었지만 직원들은 먼저 층마다 있는 휴게실로 모여 〈태양의 후계자〉의 마지막 방송을 기다렸다.

사실 청월 직원의 대부분이 드라마 팬이기도 했기에 벌어진 현상이었다.

　〈태양의 후계자〉의 방송 시작 전, 전 직원이 모인 자리에서 윤 대표가 정호에게 물었다.

　"어떤가, 오 이사? 시청률이 어떻게 나올 것 같아?"

　윤 대표의 물음에 그 층에 모인 모든 직원들의 시선이 정호에게 쏠렸다.

　청월 최고의 팀이라고 할 수 있는 총괄매니지먼트부 3팀 직원 대다수가 모인 층이었다.

　총괄매니지먼트부 3팀 직원들은 다른 부서나 팀에 비하여 정호에 대한 믿음이 몇 배나 높았기 때문에 꽤 부담스러운 시선으로 정호를 바라보고 있었다.

　마치 예언자의 예언을 기다리는 듯한 모습이었다.

　'이거 부담스러운데……'

　정호가 부담스러워한다는 걸 알았는지 윤 대표가 장난기 어린 미소를 지으며 보챘다.

　"어서 말해보게, 오 이사. 이런 걸 오 이사가 아니면 누가 예측해 주겠나?"

　그 층에 모인 직원들이 고개를 끄덕였다.

　결국 정호가 밥알에 섞여 있던 돌을 씹은 것 같은 표정을 하며 대답했다.

　"조심스럽게…… 54.6% 예측합니다."

정호의 예측과 함께 〈태양의 후계자〉 마지막 화가 시작했다.

〈태양의 후계자〉의 두 커플에 대한 모든 우려를 종식시키는 완성도 높은 마지막 화가 끝나고 나온 시청률은 정호의 예언 아닌 예언에 조금 못 미치는…… 54.4%였다.

12장. 시간 여행보다 중요한 것

시청률 결과를 받아들자마자 사람들은 정호를 경악이 어린 시선으로 쳐다봤다.

54.4%.

정호가 말한 54.6%에서 딱 0.2%가 모자란 수치였다.

옆에 있던 민봉팔이 흥분한 목소리로 물었다.

"이사님! 설마…… 진짜 그런 능력이 생기신 겁니까? 어릴 때는 그런 능력이 없었는데……."

정호가 당황하며 대답했다.

"무슨 소리를 하는 거야. 내가 무슨 진짜 예언이라도 한다고 생각하는 건 아니지?"

가까운 곳에 서 있던 김만철이 끼어들었다.

"이건 아니라고 하기에도 조금……."

정호는 모니터 화면에 뜬 시청률 결과를 손가락질하며 말했다.

"저기 저거 안 보여? 내가 말한 수치에 0.2%나 모자라잖아, 0.2%씩이나."

윗층으로 올라와 함께 〈태양의 후계자〉를 시청한 기획팀 황 팀장이 대꾸했다.

"0.2%씩이나가 아니라 0.2%밖에겠지. 그렇지 않아요, 오 이사?"

정호가 울상을 지었다.

"황 팀장님까지 왜 이러십니까……?"

직원들이 농담조로 주고받는 대화를 듣고 있던 윤 대표가 호탕하게 웃었다.

"하하하. 시청률을 정확하게 맞추는 건 자랑인데 오 이사는 정말 겸손하군. 누가 보면 자신이 시간 여행자라는 걸 숨기는 시간 여행자인 줄 알겠어."

역시나 아래층에서 올라온 홍보팀 권 팀장이 윤 대표의 말을 받았다.

"호호호. 어머~ 대표님은 농담도 잘하셔. 근데 시간 여행자라니…… 어쩜~ 오 이사한테 딱 어울리는 별명인데?"

위기감을 느낀 정호가 소리를 지르듯 말했다.

"싫습니다!"

갑자기 터져 나온 큰 소리에 사람들이 놀라 침묵했다.

이상해진 분위기를 수습하기 위해 정호가 포기하듯 입을 열었다.

"……차라리 문화왕을 시켜주십쇼. 저는 그 별명이…… 더 좋습니다."

정호가 농담을 하고 있다고 생각하는지 사람들이 하나둘 하하하, 호호호, 웃기 시작했다.

윤 대표는 정호의 위트를 칭찬하기도 했다.

십년감수했다고 생각하는 정호의 속마음은 모른 채.

◇ ◆ ◇

정호에겐 무거웠지만 다른 사람들에게는 가벼웠을 해프닝이 지나가고 〈태양의 후계자〉는 마지막 화를 기점으로 화르륵, 불타올랐다.

농담을 주고받느라 청월의 직원들은 잠깐 잊었지만 54.4%라는 수치는 엄청난 대기록이었다.

하루 일과가 끝나고 대부분 TV 앞에 앉아 드라마를 시청했던 2000년대 이전과는 달리, 그 이후로는 다양한 미디어와 콘텐츠의 발전으로 시청률 50%를 넘기는 드라마는 거의 없어졌다고 봐도 무방할 정도였다.

2000년대 이후 50%의 시청률을 돌파한 작품은 채 열이 되지 않았다.

특히 2010년을 기준으로 나눈다면 시청률 50%를 넘는 드라마는 딱 한 편뿐이었다.

가장 최근 시청률 50%를 돌파한 드라마는 2010년 KBC에서 방영된 〈제빵왕 김태원〉이었다.

〈제빵왕 김태원〉은 50.8%의 시청률을 기록했다.

'그런데 〈태양의 후계자〉가 54.4%라니……. 54.6%를 예측하긴 했지만 진짜 이렇게 될 줄은 몰랐다…….'

이전의 시간을 살아본 정호로서도 놀랄 만한 일이었다.

아니, 오히려 이전의 시간을 살아봤기 때문에 더 놀랄 수밖에 없었다.

'이전의 시간에서 〈태양의 후계자〉의 최고 시청률은 38.8%밖에 되지 않았으니깐…….'

2010년 〈제빵왕 김태원〉 이후로 드라마 시장이 50% 이상의 시청률을 기록하는 드라마를 내놓지 못한 건 결정적으로 경쟁의 심화 때문이었다.

기술의 발전과 더불어 다양한 콘텐츠의 난립으로 드라마는 이전보다 더 많은 외부 경쟁자와 힘겨운 싸움을 벌여야 하는 처지에 놓였다.

또한 이에 그치지 않고 내부적으로 드라마를 방영할 수

있는 방송국이 늘어나면서 시청자들이 다양한 채널로 분산될 수밖에 없었다.

외부 경쟁자에 이어 내부 경쟁자까지 생긴 셈이었다.

심지어 스마트폰의 상용화와 다시보기의 편리함으로 인해 '무조건 본방 사수'라는 개념이 약해졌기에, 시청률을 기록하기가 도저히 불가능한 환경이 되었다고 해도 과언이 아니었다.

그런 까닭에 중장년층을 타깃으로 한, 긴 호흡을 가진 일일드라마가 아니면 30% 이상의 시청률을 기록하기도 쉽지 않았고 〈태양의 후계자〉는 38.8%의 시청률 기록만으로 만족해야 했다.

'사실 〈태양의 후계자〉가 이전의 시간에서 기록한 38.8%도 엄청난 수치였다. 그때 당시 길거리로 나가면 모든 곳에서 〈태양의 후계자〉의 OST가 흘러나올 정도였으니깐. 특히 〈안 해, 뭐 해?〉가 지겹도록 흘러나왔지.'

이번 〈태양의 후계자〉의 OST 앨범에는 닉 리먼드, 아델, 마룬식스, 제이슨 문의 노래를 싣느라 〈안 해, 뭐 해?〉라는 노래가 실리지 않았지만 이전의 시간에서만 해도 〈안 해, 뭐 해?〉는 길거리마다 엄청나게 흘러나왔다.

이전의 시간에서 정호가 친밀하게 알고 지내던 교양국 PD가 〈안 해, 뭐 해?〉의 멜로디를 흥얼거릴 정도로 말이다.

그 교양국 PD는 드라마에 전혀 관심이 없는 사람이었다.

'그런데 이번에는 예전의 기록을 넘어섰어! 〈태양의 후계자〉가 54.4%의 시청률을 기록했다!'

다양한 원인이 혼합된 결과였다.

대한민국 첫손에 꼽히는 배우 강여운이라는 존재.

〈비밀의 화원〉으로 높아진 기대감.

하기진으로부터 시작된 홍보 및 마케팅 전략.

〈구암 허준〉으로 시청률 50%대의 드라마를 만들어본 공동 연출진의 구성력과 경험.

오랜 준비 기간에 더불어 막판 복수심으로 불탔던 채 작가의 노력으로 만들어진 대본.

정호의 〈예중태의 거기! 당신?〉 출연과 드라마 독점 시장에 대한 대항 신화의 등장.

이외에도 이전의 시간에는 없었던 많은 것들이 〈태양의 후계자〉에 시도됐고 그것들이 빠짐없이 주효했다.

그리고 그 결과물이 54.5%라는 시청률로 돌아왔다.

'그래. 어쩌면 지금까지 이전의 시간을 안다는 이유로 너무 안전하게만 갔던 것일지도 모르겠다. 때로는 스스로를 믿고 더 큰 도전을 했어야 했는데.'

정호는 지금까지의 일을 되돌려 보며 반성했다.

물론 정호가 현실에 안주를 한 것만은 아니었다.

반대로 지금까지 이전의 시간보다 더 나은 성과를 만들기 위해 노력했고 실제로 노력에 어울리는 이전의 시간보다 나은 성과를 얻어 왔다.

하지만 아쉬운 것도 사실이었다.

'더 치열하게! 더 가열차게! 더 적극적으로! 이전의 시간을 비틀기 위해 노력했다면 훨씬 나은 결과가 나오지 않았을까?

이런 생각이 들었기 때문이었다.

'뭐…… 지금에 와서 후회해 봐야 늦었지. 이번 일을 돌이킬 만한 신뢰 포인트를 쌓은 것도 아니니. 그래도 지금까지 나는 더 나은 사람으로 살아왔다. 그것만으로도 만족해.'

정호의 생각대로 이제부터 잘하면 되는 일이었다.

되돌릴 수 있는 시간보다 살아갈 시간이 더 많았음으로.

게다가 이 순간, 후회와 패배감을 맛볼 사람은 정호가 아니었다.

후회와 패배감을 맛볼 사람은 다름 아닌 최 대표였다.

임원진들과 함께 회의실에서 〈태양의 후계자〉의 54.4%라는 경이적인 시청률을 목격하자마자 최 대표는 자리에서 벌떡 일어났다.

그러고는 여느 때처럼 책상을 뒤엎으려고 하다가 한숨을 쉬더니 자리에 털썩, 주저앉았다.

책상이 엎어질 걸 예상해 눈을 질끈 감았던 임원진들은 의외의 상황이라는 듯 눈을 동그랗게 뜨고 최 대표를 바라봤다.

최 대표가 다시 한 번 휴, 하고 한숨을 쉬며 말했다.

"현재 상황 보고하세요. 가감 없이."

하지만 임원진들은 최 대표가 책상을 뒤엎지 않았다는 사실에 놀라 눈만 동그랗게 뜨고 있을 뿐이었다.

최 대표가 조금 날카롭게 반응했다.

"뭐 하고들 있는 거죠?"

그제야 연 이사가 보고를 시작했다.

"상황을 정리부터 하자면…… 최악입니다. 〈태양의 후계자〉는 2010년 이후 최고의 시청률을 기록하며 연일 승승장구하고 있습니다."

연 이사가 그렇게 말하며 슬쩍 최 대표의 반응을 살폈지만 최 대표는 말없이 앉아만 있었다.

연 이사는 속으로 안심하며 말을 이었다.

"각종 예능에서 〈태양의 후계자〉의 패러디를 하고 있음은 물론이고 〈태양의 후계자〉에 출연했던 조연 배우가 게스트로만 등장해도 주인공 대접을 받을 정도입니다. 뿐만 아니라 OST 앨범의 음원 판매량, 제스터로 확장된 2차적인 홍보 효과로 인한 매출 증대, 출연 배우들의 각종 광고 수입 및 브랜드 가치 상승 등 마지막 화 이후에도 〈태양의 후계자〉는 계속해서 돌풍을 이어가고 있는 중입니다. 이 돌풍의 규모가 〈비밀의 화원〉의 약 1.7배가 된다는 통계를 기반으로 보면 내년 3월까지 드라마 시장에는 〈태양의 후계자〉의 영향이 잔존할 것으로 추정됩니다. 또한……."

연 이사가 〈태양의 후계자〉에 대한 칭찬 아닌 칭찬을 계속 늘어놓으려는 찰나, 최 대표가 침착한 목소리로 끼어들었다.

"〈태양의 후계자〉에 대해서는 됐습니다. 우리 아라에 대한 여론과 평가가 어떤지 말씀해 주세요."

최 대표의 말에 올게 왔다는 표정을 지으며 연 이사가 입을 열었다.

"당사에 대한 여론과 평가는…… 최악입니다. 당사에 소속된 드라마 작가들이 계속해서 성적을 내지 못하며 여론과 평가가 좋아지지 않을 때 청월의 오정호 이사가 〈예중태의 거기! 당신?〉에 출연한 것이 결정적이었습니다. 사실 〈태양의 후계자〉의 성적 뒤에는 당사가 제작하는 드라마에 대한 보이콧이 있었습니다. 다음에 제작되는 드라마도 보지 않겠다는 의견도 있었고요. 이 여파는 경우에 따라서 〈태양의 후계자〉의 영향력보다 길어질 수 있을 것을 보입니다."

이후로도 끊임없이 아라 엔터테인먼트가 겪고 있는 문제들이 연 이사의 입에서 읊어졌다.

아라 엔터테인먼트에 소속된 배우들이 조금씩 불만을 품기 시작했으며 몇몇 배우들이 재계약을 거부했다는 얘기, 이번에 데려온 드라마 작가들이 전체적으로 불만을 가지고 있으며 채 작가의 보조 작가였던 세 사람을 중심으로 단체로서의 움직임이 포착됐다는 사실 등의 얘기들이었다.

모든 보고를 듣고 최 대표가 천천히 몸을 뒤로 젖혔다.

뭔가 이 상황에 대해서 포기를 한 듯한 느낌의 행동이었다.

몸을 뒤로 젖힌 채 최 대표가 나직이 중얼거렸다.

"완벽한 패배로군……. 완벽하게 졌어……."

연 이사가 그런 최 대표를 불렀다.

"대표님……."

최 대표가 연 이사의 부름에 대답하지 않고 결단을 내렸다.

"한동안 아라는 드라마 시장 쪽에서 철수합니다. 배우들을 영화 쪽으로 최대한 돌리고 드라마도 다른 소속사가 제작하는 곳에 조연급만 내보내도록 하세요. 또한 이번에 계약한 작가들 중에서 계약 연장을 원하지 않거나 계약 파기 의사를 보이는 사람이 있으면 순순히 놓아주도록 하세요. 드라마를 만들 생각도 없는데 데리고 있어봐야 짐일 뿐입니다. 핵심 드라마 제작사와의 협업 관계만 유지하는 쪽으로 하죠."

최 대표의 말에 임원진들은 혹여 불똥이 튈까 서둘러 대답했다.

"넵, 알겠습니다."

"그렇게 하겠습니다."

그렇게 아라 엔터테인먼트의 임원진 회의가 마무리됐고 나가는 임원진들을 보면서 최 대표가 들릴 듯 말 듯 말했다.

"아라에게…… 더 이상의 전쟁은 없습니다."

그건 완벽한 패배의 시인이었다.

13장. 다음 행선지

⟨태양의 후계자⟩의 돌풍은 계속됐다.

⟨예중태의 거기! 당신?⟩의 영향으로 ⟨태양의 후계자⟩는 '시장의 수호자' 같은 이미지를 갖게 됐고 그에 따라 끊임 없이 회자가 되고 있었다.

뿐만 아니라 ⟨태양의 후계자⟩의 영향력을 유지시키기 위한 전략으로 정호가 적극적으로 조연급 배우들을 예능에 출연시켰다.

일석이조의 좋은 기회라는 판단 때문이었다.

'이 전략이라면 ⟨태양의 후계자⟩의 영향력도 유지시키고 ⟨태양의 후계자⟩를 등에 업고 조연급 배우의 인지도도

상승시킬 수 있다…….'

지금까지의 전략이 그래왔듯 전략마저도 그대로 주효했고 청월은 행복한 비명을 질러야 했다.

적어도 청월에 소속된 대여섯 명의 신인 배우가 〈태양의 후계자〉를 통해서 이름을 알리기 시작했기 때문이었다.

누구보다 기뻐한 사람은 인재개발팀 발족 이후 신인 개발 부분에서 늘 골머리를 썩던 김 팀장이었다.

박태식의 영입으로 김 팀장이 어느 정도 기를 편 것이 사실이었지만 박태식은 엄연히 따지자면 '영입'을 추진하고, '연습'을 시키고, 성공적인 '데뷔'를 만드는 인재개발팀의 정식 수순을 밟은 인재가 아니었다.

말 그대로 혜성같이 등장하여 〈추격의 도시〉로 한 해를 휩쓸었던 '특급 재능'을 가진 '특급 신인'이었다.

하지만 이번에 〈태양의 후계자〉로 데뷔한 배우 대여섯은 김 팀장이 직접 '영입→연습→데뷔'의 수순을 밟아 만든 첫 번째 결과물이었다.

"요즘 기분이 좋아 보이시는군요, 김 팀장님."

복도에서 김 팀장을 만난 정호가 물었고 김 팀장이 큰 소리를 밝게 웃으며 말했다.

"하하하. 네네, 요즘 무척 기분이 좋습니다. 전부 오 이사님이 기회를 주신 덕분이지요. 하하하."

인재개발팀의 약진은 정호로서도 기쁜 일이었다.

10년, 20년 청월이 최고의 소속사로 자리매김할 기반은 결국 인재개발팀에서 나왔기 때문이었다.

'체계화된 시스템 안에서 신인이 개발되었다는 것만으로도 청월에게는 기념비적인 사건이지.'

정호는 이런 생각을 하며 김 팀장과 즐거운 대화를 나눴다.

종영 후에도 돌풍을 유지하는 〈태양의 후계자〉 덕분에 광고 수익, 제스터의 2차 산업 매출 증가, 소속 배우의 인지도 상승 등 청월은 많은 이득을 챙겨가고 있었다.

◇ ◆ ◇

청월도 많은 이득을 챙겼지만 무엇보다도 큰 이득을 챙긴 건 사실 정 대표의 프롬 프로덕션이었다.

프롬 프로덕션은 〈태양의 후계자〉를 계기로 대한민국 최고의 드라마 제작사 반열에 올랐다.

그렇게 된 데에는 두 가지 이유가 결정적이었다.

먼저 예중태의 시사 프로그램에 정호가 출연한 이후로 3대 소속사와 연결된 수많은 드라마 제작사들의 위상이 빠른 속도로 하락했다.

회사가 무너질 정도는 아니었지만 몸을 웅크릴 필요가 있는 상황이었고, 이에 따라 해당 드라마 제작사들은 내실을 다지기 위해 최선을 다했다.

선두 주자라고 할 수 있는 드라마 제작들이 행동에 제약을 받은 셈이었다.

그런 까닭에 후발 주자인 프롬 프로덕션은 높이 날아오르기 위한 잘 닦인 활주로를 얻을 수 있었고 수완 좋은 정 대표는 이 기회를 놓치지 않았다.

우선 덩치를 줄이면서 잉여 인력으로 분류된 능력 있는 직원들을 빠르게 스카우트했다.

또한 당장은 입지가 불안하지만 장래가 촉망되는 드라마 작가들도 신속하게 데려왔다.

자연스럽게 프롬 프로덕션은 기존의 세 배로 몸집을 불렸고 인적 기반이 어느 드라마 제작사보다 튼튼한 기업으로 성장했다.

다음으로 프롬 프로덕션은 이번 일을 계기로 스타 드라마 작가들을 손에 넣었다.

아라 엔터테인먼트가 드라마 시장에서 일시적으로 발을 빼면서 무차별적으로 영입했던 드라마 작가들을 놓아줬고, 그 드라마 작가들이 프롬 프로덕션으로 향하면서 벌어진 일이었다.

채 작가만큼은 아니지만 충분한 시간과 기회가 주어진다면 15~20%까지의 공중파 시청률을 사수할 만한 스타 드라마 작가들이 프롬 프로덕션에 정착했다.

또한 기쁜 사실은 채 작가의 보조 작가였던 세 사람이 메인 작가가 되어 프롬 프로덕션에 재합류를 했다는 것이었다.

프롬 프로덕션에 재합류가 확정되면서 세 명의 보조 작가는 무릎을 꿇고 채 작가에게 용서부터 빌었다.

세 사람에게서 진정성을 엿본 채 작가는 세 사람을 용서한 뒤 정 대표를 찾아갔다.

"우리 아이들을 잘 부탁해요, 정 대표. 시장의 논리로 내 가족이나 다름없는 그 아이들이 더 이상 상처받지 않게 해주세요."

채 작가가 정 대표에게 신신당부를 했고 정 대표는 채 작가가 바라는 대로 해줬다.

정 대표는 〈태양의 후계자〉 차기작의 드라마 작가로 채 작가의 보조 작가들을 낙점했다.

〈태양의 후계자〉가 몰고 올 소포모어 징크스를 방어할 사람이 채 작가의 보조 작가들뿐이라는 판단 때문이었다.

그렇게 채 작가의 세컨드 보조 작가였던 황주나와 막내 보조 작가였던 소혜진은 막중한 책임감을 어깨에 짊어지고 기존에 가지고 있던 작품을 최선을 다해 수정했다.

그리고 그 노력이 결실을 맺었다.

마침내 방영된 황주나의 작품 〈안녕, 바람?〉과 소혜진의 작품 〈훌륭하게, 멋지게! 오케이, 신사!〉는 각각 19.7%,

18.6%의 공중파 시청률로 선방을 한 것이다.

〈태양의 후계자〉가 불러온 소포모어 징크스와 노채영의 〈나의 화려한 싱글기〉 실패로 기대보다는 불안감이 커진 '채 작가의 제자'라는 타이틀에도 불구하고 이뤄낸 성공이었기 때문에 더욱 값졌다.

이 성공에 힘입어 〈나의 화려한 싱글기〉로 채 작가와 직접적으로 맞붙었던 노채영도 차기작을 준비하는 데 박차를 가했고 정 대표의 귀띔에 따르면 작품이 무척이나 좋다고 했다.

"쓸 만해. 오 이사도 본다면 꽤나 놀랄걸?"

작품을 잘 보기로 유명한 정 대표가 이런 말을 할 정도라면 노채영의 성공도 눈앞으로 다가왔다고 할 수 있었다.

그렇게 프롬 프로덕션은 이후에도 오랫동안 '채 작가 라인'으로 통하는 스타 드라마 작가진을 손에 넣었고 탄탄한 기반과 화려한 스타가 공존하는 대한민국 최고의 드라마 제작사가 됐다.

시간은 빠르게 흘렀고 드라마 시장은 점차 안정이 됐다.

드라마 시장의 최고 강자는 이제 아라 엔터테인먼트가 아니었다.

이제 드라마 시장을 논하는 데 있어서 아라 엔터테인먼트의 이름을 언급하는 사람은 없었다.

그저 청월이 드라마 시장에서 이만큼 발전하는 데에 아라 엔터테인먼트의 실수가 중요한 이유 중 하나로 작용했다는 언급만이 간혹 있을 뿐이었다.

사람들은 현명한 선택과 빠른 조처로 드라마 시장을 수호하고 발전시킨 청월과 프롬 프로덕션을 지속적으로 칭송했다.

특히 드라마 시장의 독점이 충분히 가능한 상황임에도 불구하고 한 해에 30개가 넘지 않은 작품만 제작하는 청월과 프롬 프로덕션을 칭찬할 수밖에 없는 상황이었다.

[솔직히 나는 결국 청월도 프롬 프로덕션도 아라 엔터테인먼트와 같은 길을 갈 거라고 생각했는데…… 반전이네? ㅋㅋㅋㅋㅋ]

[청월이랑 프롬 프로덕션이 드라마 시장에서 어떻게 최고의 자리에 올랐는데 그럴 수가 있겠음?ㅋㅋㅋㅋ 솔직히 30개도 난 많다고 보는데?ㅋㅋㅋㅋ]

[명분을 그렇게 세웠기 때문에 청월과 프롬 프로덕션이 호박씨를 못 깐다는 점에는 동의하지만ㅋㅋㅋ 드라마 30개가 많다는 데에는 동의할 수 없다ㅋㅋㅋㅋㅋㅋㅋㅋ]

[오정호가 시사계의 인피니트 챌린지에서 한 번 통계를 낸 이후로 수시로 내는 언론사들의 통계를 못 봤냐?ㅇㅇ]

[그걸 보면 알 수 있지ㅋㅋㅋㅋ 청월이랑 프롬 프로덕션이 자제를 잘하고 있는지ㅋㅋㅋㅋ 진짜 이제 편성이 다양한 소속사와 제작사들에게 골고루 분포돼 있더라ㅋㅋㅋㅋ]

[ㅎㅎ나는 이쯤에서 오정호를 진짜 문화왕이라고 부른 거 신의 한 수라고 말하고 싶음ㅎㅎ]

[그래도 문화왕은 너무 촌스러워…….]

[아ㅋㅋㅋ 근데 진짜 오정호가 문화부 장관 같은 거 하면 안 되나?ㅋㅋㅋ 그러면 대한민국 문화 사업 대박날 거 같은데ㅋㅋㅋㅋ]

[방송 나오고 이러는 거 웬만하면 싫어하는 사람인 거 같음ㅋㅋㅋ 밀키웨이 TV 시절에도 그런 얘기 많았었음ㅋㅋㅋㅋ]

[기대를 결과로! 나는 청월이랑 프롬 프로덕션이 뛰어난 조처로 드라마 시장을 살리길 바랐던 자칭 드라마 골수팬 중에 골수팬인데 진짜 청월이랑 프롬 프로덕션이 자랑스럽다!]

[ㄴ정호야…… 여기서 이러면 안 된다……]

흥미로운 점은 온라인상의 반응을 살피면 청월과 프롬 프로덕션을 칭찬하는 가운데 언제나 정호의 이름이 언급된다는 사실이었다.

남들 앞에 나서기 좋아하지 않는 정호로서는 썩 달갑지 않은 상황이었다.

'상황상 어쩔 수 없이 중태 씨의 시사 프로그램에 나간 것이 이렇게 돌아오는구나…….'

하지만 그래도 이사직에 오르면서 예전보다 방송에 관한 부정적인 입장을 많이 씻어낸 정호라서 다행이었다.

그렇다고 정호의 입장에서 문제가 아예 없는 것은 아니었다.

문제의 제공자는 역시 밀키웨이 멤버들이었다.

[하수아 : 드라마 시장을 수호하신 오 이사님? 저희 밀키웨이 멤버들이 오랜만에 모이는데 회식 한 번 안 하나요? 드라마 시장을 수호하시느라 가요계의 하수인들은 눈에 들어오지 않으시나요?]

[오정호 : 하지 마라.]

[유미지 : 하지 말라니ㅠㅠㅠ 저희 회식 안 하나요?ㅠㅠ 정말 드라마 때문에 저희를 버리신 거 아니죠?ㅠㅠㅠㅠ 아니라고 말해주세요, 오 이사님!ㅠㅠㅠ]

[오정호 : 미지야, 그런 거 아니야…….]

[유미지 : 헤헤, 정말요?]

[신유나 : 미지 언니, 속지 말아요. 당연히 아니라고 하시겠죠. 맞다고 하시겠어요?]

[오정호 : 넌 조용히 해.]

[신유나 : 저거 봐요. 진실을 은폐하려는 저 움직임…….]

[오정호 : 회식 빠지고 싶냐?]

[오서연 : 아니요! 빠지기 싫습니다! 술을 마시기 위해 이 한 몸 불사르겠습니다! 술을 위해서라면 이사님이 저희 정규 앨범에 피처링 멤버로 참여시킬 수 있었던 아딜을 OST 앨범에 참여시킨 걸 욕하지 않을게요!]

[유미지 : 헉! 그게 정말인가요, 오 이사님?ㅠㅠㅠㅠ]

[하수아 : 어? 언니, 몰랐어요? 저 얘기 이미 청월 내에서도 유명한데ㅎㅎㅎ]

[오정호 : 야! 오서연! 하수아! 괜한 헛소문 퍼뜨리지 마! 아딜은 밀키웨이 정규 앨범에도 참여하기로 약속했어!]

[신유나 : 그렇게까지 말하신다면 믿겠습니다. 신뢰와 수호의 아이콘, 방송 중독자, 오정호 문화왕님.]

[오정호 : 이것들이 진짜……]

청월과 프롬 프로덕션이 드라마 시장에서 약진을 한 이후 정호는 밀키웨이 멤버들에게 매일 이런 식으로 놀림을 받았다.

'오늘 회식 때 보자……. 불타는 복수가 뭔지 보주겠어!'

그렇게 정호가 밀키웨이 멤버들에 대한 복수를 다짐하고 있을 때였다.

드라마 시장에 집중하느라 한동안 연락이 뜸했던 황태준에게서 전화를 걸어왔다.

"어, 태준아. 무슨 일이냐?"

"오 이사님, 큰일 났습니다."

"뭔데? 무슨 일인데?"

"기사 링크 보낼 테니깐 직접 확인해 보세요."

정호는 전화를 끊고 황태준이 보내준 기사 링크를 타고 들어갔다.

그러자 큐 엔터테인먼트의 대표인 곽정준의 인터뷰 기사가 떴다.

―드라마 시장에서 수호자를 자처하는 청월은 강여운이라는 좋은 배우를 두고도 오랫동안 이렇다 할 성과를 내지 못하는 중이다. 다시 말해서 청월은 영화 시장에서만큼은 꿀이 발라진 독사과 같은 존재라는 뜻이다. 하지만 우리 큐는 다르다. 할리우드에서 제작되는 한미 합작 영화 〈로스트 퓨처(Lost Future)〉는 역사의 한 획을 긋고 대한민국의 영화 시장을 미국으로 확장할 것이다.

이건 누가 봐도 청월을 도발하는 큐 엔터테인먼트의 수작이었다.

정호의 다음 행선지가 영화계로 정해지는 순간이었다.

매니지먼트

제왕

공교로운 타이밍이었다.

'하필이면 이럴 때…….'

시간이 어느 정도 흐른 것은 사실이지만 청월의 영화 쪽 핵심 배우라고 할 수 있는 강여운은 아직 충분한 휴식이 필요한 상황이었다.

〈태양의 후계자〉가 종영한 지 얼마 되지 않았기 때문이었다.

아무런 활동 없이 〈태양의 후계자〉 이후 쭉 휴식을 해 왔다면 상관없겠지만 강여운은 끊임없이 쏟아지는 광고 촬영에 힘을 썼고 화보 촬영부터 해외 행사까지 〈태양의 후계자〉촬영 때 못지않은 바쁜 나날들을 보냈다.

'그런 여운이었기 때문에 진정한 의미의 휴식기에 돌입한 건 불과 3일이 채 되지 않은 상황이다⋯⋯.'

골치가 아팠다.

한미 합작 영화 〈로스트 퓨처〉가 만약 정호가 생각하는 그 영화가 맞다면 문제는 더 심각해졌다.

'이전의 시간에서 〈로스트 퓨처〉가 기록한 성적은 대한민국만을 한정하여 역대 누적관객수 3위에 랭크됐지⋯⋯. 세계적으로도 결코 뒤떨어지는 성적이 아니었고⋯⋯.'

그런 〈로스트 퓨처〉에 대항하려면 방법은 하나였다.

'할리우드급 배우로 평가받는 강여운을 주연으로 내세워 〈로스트 퓨처〉에 버금기는 세계적 흥행 영화를 제작하는 것⋯⋯.'

그런데 그게 지금 강여운의 휴식기로 가능한 상황이 아니었다.

정호는 확신했다.

'큐 엔터테인먼트가 만반의 준비를 끝내고 들어온 전략이군. 지금까지 조심스럽게 움직이며 〈로스트 퓨처〉의 제작 사실을 숨기고 적절한 타이밍에 〈로스트 퓨처〉의 제작을 발표했어. 이건 꾸준히 준비한 것이 아니라면 할 수 없는 일이다. 아라 엔터테인먼트가 드라마 시장에서 밀린

매니지
먼트의
제왕7

것이 큐 엔터테인먼트에게 경각심을 깊게 심어준 건가?'

간간이 다른 소속사들에게 자리를 넘긴 적이 있긴 하지만 이전까지 드라마 시장에서 절대 강자로 군림해왔던 아라 엔터테인먼트였다.

그런 아라 엔터테인먼트가 3대 소속사와의 연계에도 불구하고 청월에게 밀렸다.

대단한 사건이었고 다른 3대 소속사의 입장에서는 놀랄 수밖에 없는 일이었다.

뿐만 아니라 아라 엔터테인먼트가 3대 소속사와의 연계를 기반으로 움직였기 때문에 아라 엔터테인먼트만큼은 아니지만 큐 엔터테인먼트도 이번 일로 적지 않은 타격을 받을 수밖에 없었다.

경각심이 높아지는 건 당연한 일이었다.

'큐 엔터테인먼트의 대표인 곽정준 특유의 성향도 이번 일에 신중함을 기하게 했겠지.'

곽 대표 역시 정호가 이전의 시간부터 잘 알고 있는 인물이었다.

겉으로는 차분해 보이지만 엘리트주의로 인해 격하게 흥분하는 경향이 있는 최 대표와 달리 곽 대표는 매사에 신중한 인물이었다.

다만 동시에 보수적인 경향도 있어서 다른 존재가 자신의 영역을 침범하는 것을 극도로 경계했다.

게다가 신중함과 보수적인 경향, 이 두 가지는 한경수가 이전의 시간에서 곽 대표를 코끼리팩토리의 협력 대상에서 일찌감치 탈락시킨 결정적인 이유기도 했다.

'아마 곽 대표가 3대 소속사와 결탁을 한 것도 이런 경계심 때문이겠지. 3대 소속사라는 영역을 누구보다 침범받기 싫었을 테니깐.'

성향이나 생각은 다르지만 3대 소속사가 청월을 몰아내야 한다는 점에서 같은 결론을 내린 상황이라는 건 어렵지 않게 추측할 수 있는 상황이었다.

'곽 대표라……. 여러모로 까다로운 인물이 경각심으로 인해 더 까다로워진 셈이군. 일단 〈로스트 퓨처〉가 내가 생각하는 작품이 맞는지부터 확인해 보자.'

정호는 〈로스트 퓨처〉가 자신이 생각하는 그 영화인지 확인해 보기 위해 정보 라인부터 돌렸다.

영화 쪽으로 정호에게 정보를 줄 수 있는 인물은 언제나 정보의 바다를 헤엄치고 있는 예중태와 영화 쪽으로 빠삭한 황태준이었다.

정호는 두 사람에게 〈로스트 퓨처〉에 대한 정보를 요구했다.

두 사람 중 먼저 정보를 제공한 쪽은 황태준이었다.

정호에게 전화를 걸기 전, 미리 소식을 듣고 정보를 모으고 있었던 탓에 예중태보다 빠를 수밖에 없었다.

전화기 너머로 황태준이 말했다.

"예, 이사님. 〈로스트 퓨처〉에 대한 정보요? 안 그래도 마침 그쪽으로 가고 있습니다."

어지간히도 급했는지 이미 정호가 있는 청월을 향해 오고 있는 모양이었다.

"얼마나 걸려?"

"차가 좀 막히지만…… 그래도 10분 안에 도착합니다."

◇ ◆ ◇

황태준에게 넘겨받은 자료를 천천히 살핀 정호는 결론을 내렸다.

'역시나…… 내가 생각한 그 〈로스트 퓨처〉가 맞군.'

예상대로였다.

대한민국 역대 누적관객수 3위에 랭크됐던 바로 그 〈로스트 퓨처〉였다.

대본까지 입수한 것은 아니지만 연출자부터 출연 배우까지 모든 부분에서 일치했다.

황태준이 긴장한 기색으로 물었다.

"어때요, 오 이사님? 잘될 것 같나요?"

할리우드급 배우라는 강여운의 타이틀은 생각보다 뉴 아트 필름의 위상에 중요한 역할을 했다.

이 타이틀로 인해 21세기 폭시사가 청월과 연계가 되고 있는 것이었고 그 연계의 흐름을 타고 뉴 아트 필름이 외화 배급을 맡고 있었기 때문이었다.

뿐만 아니라 21세기 폭시사와의 연결점은 뉴 아트 필름이 해외로 진출할 수 있는 중요한 교두보였다.

21세기 폭시사에서 제작한 영화가 대한민국에서 뉴 아트 필름의 도움을 받아 배급되듯이 뉴 아트 필름에서 제작한 영화는 21세기 폭시사의 도움을 받아 배급되어야 했다.

그러다 보니 할리우드급 배우라는 유일무이의 타이틀을 다른 배우, 혹은 제작사에게 빼앗길 것을 황태준 입장에서는 걱정할 수밖에 없었다.

정호는 그런 황태준의 상황을 파악하며 대답했다.

"〈로스트 퓨처〉는…… 잘될 것 같다."

정호의 대답에 기다렸다는 듯이 황태준의 탄식이 돌아왔다.

"아……."

아직 대본도 보지 않고 한 말임에도 불구하고 황태준은 정호의 감을 믿었다.

여태껏 정호의 감은 어떤 상황에서도 틀리지 않았다.

믿지 않으려고 해도 믿지 않을 수가 없었다.

황태준이 기대감을 갖고 물었다.

"어떻게 하실 생각입니까? 〈로스트 퓨처〉를 대항하려면 역시…… 쉬고 있는 여운이에게 부탁을 해야겠죠?"

정호가 냉정하게 고개를 저으며 말했다.

"그것보다 먼저 작품을 찾아야지. 그리고 아무리 빨리 작품을 찾는다고 해도 〈로스트 퓨처〉와 맞붙는 것은 불가능해. 이건 이미 큐 엔터테인먼트 쪽에서 노리고 들어온 거야."

"설마……."

황태준은 그제야 상황을 제대로 파악할 수 있었다.

그 전까지는 막연히 큐 엔터테인먼트가 청월에 도전장을 내밀었다고만 생각했던 황태준이었다.

하지만 유능한 황태준은 정호가 단서를 던져주자 머릿속에서 조각을 맞춰서 현재의 상황이 어떤지 어렵지 않게 파악했다.

"큐 엔터테인먼트가 단단히 마음을 먹었군요……. 쉽지 않겠는데요?"

"쉽지 않은 상황이지. 일단 〈로스트 퓨처〉가 촬영을 하고, 영화를 완성한 뒤, 개봉을 해서 활개를 치도록 둔다. 우리는 그러는 사이에게 작품을 구하고 촬영에 들어가 〈로스트 퓨처〉보다 더 큰 흥행을 만드는 거야."

정호의 말에 황태준은 고개를 끄덕였다.

정호가 내놓은 방안만이 현실적으로 가능한 대처라는 걸 깨달았기 때문이었다.

황태준이 말했다.

"즉시 21세기 폭시사 쪽과 접촉하겠습니다."

하지만 정호는 이번에도 냉정하게 고개를 저었다.

그러고는 대꾸했다.

"접촉하고, 날짜 잡고, 협의하고, 계약하고 등등 복잡한 절차를 거칠 때가 아니야. 비행기 표부터 끊자."

정호다운 행동력이었다.

황태준은 새삼 정호의 행동력에 놀라며 비행기 표부터 구하기 위해 서둘러 움직였다.

◇ ◆ ◇

해외 일정 때문에 미리 비자 발급을 신청하고 기다리던 중이라 비행기 표를 구하고 미국으로 날아가는 데에는 전혀 문제가 없었다.

미국에 도착하여 21세기 폭시사에 방문하자 토비 워커가 반겼다.

"하하하. 반갑습니다. 잘 지내셨습니까, 오 이사님?"

토비 워커는 〈라스트 위크〉 시절 인종 차별 문제로 정호와 대립했던 인물이었다.

하지만 정호가 시간을 되돌려 목숨을 구해줬고 그 이후로 마음을 바꿔 먹고 살아가는 인물이기도 했다.

토비 워커와 악수를 나누며 정호가 생각했다.

'신수가 훤하군. 얼굴에서 왠지 빛이 나는 느낌이야.'

그럴 수밖에 없는 게 최근 토비 워커는 승진하여 아시아 시장 영화 배급 쪽으로 발령을 받아 일을 처리한 뒤, 다시 한 번 업무 능력을 인정받아 21세기 폭시사 본사의 부사장직에 오른 상태였다.

'이전의 시간에서는 같은 시기에 21세기 폭시사의 부사장이 다른 인물이었던 거 같은데…… 토비 워커가 마음을 바꿔 먹으며 미래가 바뀐 건가? 예상치 못한 나비효과로군.'

정호로서는 좋은 일이었다.

철저히 능력 중심으로 돌아가는 미국 사회이지만, 어쨌든 자신과 조금이라도 인연이 있는 사람이 21세기 폭시사 같은 큰 회사에 부사장직에 있다는 건 정호에게 있어서도 이득이 될 만한 부분이었다.

게다가 정호는 마음을 고쳐먹고 완전히 새사람이 된 토비 워커가 굉장히 마음에 들었다.

'토비 워커의 존재가 21세기 폭시사 직원들에게 긍정적인 영향을 미치고 있다. 예전처럼 동양인을 원숭이 보듯 하는 사람들이 이제 없군. 각자 자신들의 업무에 잘

집중하고 있다.'

업무적인 이득도 이득이지만 그보다 이제 '사람'을 더 중요시하는 정호였다.

그러다 보니 '사람'에게 긍정적인 영향을 미치고 있는 토비 워커가 더 좋게 보일 수밖에 없었다.

정호가 토비 워커의 환대에 반응했다.

"저는 잘 지냈지요. 갑작스러운 방문에도 이렇게 반겨주셔서 감사합니다."

토비 워커가 특유의 호탕한 말투로 정호의 말을 받았다.

"오 이사님의 방문이라면 언제든 환영이지요. 게다가 황대표님이라는 귀인도 같이 오지 않았습니까? 이거, 오늘은 정말 기쁜 날이군요."

자신이 언급되자 옆에 있던 황태준도 한마디 끼어들었다.

"토비 워커는 솔직히…… 저보다는 오 이사님을 무척이나 반기시는 것 같은데요?"

토비 워커가 호방한 웃음소리를 내보이며 말했다.

"그렇게 보이십니까? 이거 들켜버렸군요, 하하하. 자자, 이럴 게 아니라 안쪽으로 이동하시죠. 두 분이 오시면 보여드리려고 준비한 것이 있습니다."

토비 워커를 따라 들어가며 정호가 고개를 갸웃거리며

생각했다.

'보여줄 것? 뭐지?'

황태준을 힐끔 쳐다봤지만 황태준도 아는 게 없는 정호와 마찬가지로 정호를 힐끔 쳐다볼 뿐이었다.

'뭘까⋯⋯.'

잠시 궁금증을 밀어두고 자리에 앉아 간단히 차를 마시며 담소를 나누는 사이 토비 워커의 비서가 들어왔다.

"부탁하신 서류 가져왔습니다."

"고마워요, 제시."

토비 워커가 비서에게 서류를 받아 정호와 황태준에게 건네줬다.

황태준이 물었다.

"이게 뭡니까?"

토비 워커는 대답 없이 서류를 꺼내서 읽어보라는 손짓을 했다.

정호와 황태준은 궁금증을 감추지 못하고 서류를 꺼내봤다.

그리고 서류에는 놀라운 내용이 적혀 있었다.

'이건⋯⋯!'

약간 눈이 커지며 놀란 표정을 짓는 정호와 달리 황태준이 놀라움을 감추지 않고 물었다.

"허⋯⋯ 이런 내용이라니⋯⋯. 어떻게 알고?"

황태준의 질문에 토비 워커가 미소를 지으며 답했다.

"저희라고 가만히 있으면 되겠습니까?"

매니지
먼트
제왕

15장. 네? 뮤지컬 영화요?

서류에 적혀 있는 것은 감독의 이름과 영화의 제목이었다.

서류의 맨 앞장에는 떡하니 이렇게 적혀 있었다.

[후트 셔젤(Huth Chazelle), 〈룰루랜드(Lulu Land)〉.]

황태준이 놀란 것은 후트 셔젤이라는 이름 때문이었다.

영화를 좋아하는 사람이라면 누구나 기억할 수밖에 없는 이름이었다.

몇 년 전 최악의 폭군 콜린 교수에게 끊임없이 고통 받는 재즈 드러머 마틴을 그린 영화 〈프레셔(Pressure)〉를 들고 혜성같이 나타나 수많은 관객들의 극찬을 받았던 초특급 감독이 바로 후트 셔젤인 까닭이었다.

잠시 정신을 차리지 못했던 황태준이 이내 상황을 파악을 하고는 흥분해서 토비 워커에게 물었다.

"후트 셔젤이 신작을 준비하고 있답니까? 그걸 저희와 함께하고 싶은 거고요?"

토비 워커가 대답했다.

"일단 대답부터 드리자면…… 네, 맞습니다. 그걸 위해 상의해야 할 부분이 아직 많긴 하지만요."

토비 워커의 말에 황태준이 와아, 하는 감탄사를 내뱉었다.

그럴 수밖에 없는 게 지금껏 대한민국에서 할리우드급 배우라고 칭송받아 왔던 강여운조차도 이 정도의 위상을 가진 감독과 작업을 진행한 적이 없었기 때문이었다.

지금은 할리우드에서 촉망받는 감독인 대니 젤위거조차도 〈라스트 위크〉로 강여운과 함께했을 당시에는 영화 한 편 제대로 내본 적 없는 신인 감독이었다.

심지어 강여운이 첫 주연을 맡은 할리우드 영화 〈포리너〉의 감독도 비슷한 수준의 신인 감독이었고.

하지만 후트 셔젤은 달랐다.

이미 현재 〈라스트 위크〉로 가장 촉망받는 감독이 된 대니 젤위거 이상의 위상을 가지고 있는 감독이었다.

그만큼 〈프레셔〉는 파급력이 대단한 영화였다.

하지만 정호가 놀란 것은 단순히 이런 재능 있는 감독과 함께한다는 사실 때문이 아니었다.

후트 셔젤의 이름도 이름이지만 그 옆에 적혀 있는 영화 제목은 더 대단했다.

'〈룰루랜드〉라니! 아케데미를 휩쓴 바로 그 〈룰루랜드〉!'

그랬다.

이전의 시간을 살아본 정호는 〈룰루랜드〉가 얼마나 대단한 영화인지 알고 있었고 그런 까닭에 더 놀랄 수밖에 없었다.

〈프레셔〉도 대단한 영화였지만 〈프레셔〉가 늑대라면 〈룰루랜드〉는 사자였다.

그만큼 두 영화 사이에는 격이 다른 차이가 있었다.

어느샌가 〈룰루랜드〉가 어떤 영화인지 황태준에게 한참 브리핑을 하고 있는 토비 워커에게 정호가 물었다.

"언제쯤 촬영이 들어갈 예정입니까?"

갑작스럽게 말이 끊겼지만 토비 워커는 놀라거나 화내지 않았다.

오히려 빙그레 웃으며 대답했다.

"모든 준비가 끝났습니다. 뮤지컬 영화의 핵심이라고 할 수 있는 음악은 전부 완성됐고 이 영화에서 후트가 가장 중요하게 생각하고 있는 아름다운 장면을 위한 연출 콘티도 이미 전부 마련이 됐죠. 얼마 전에는 남자 주연 배우도 캐스팅됐고요. 이제 남은 자리는 여자 주연 배우 자리뿐이고 여자 주연 배우가 구해지면 3개월 안으로 촬영에 들어갈 겁니다."

황태준이 흥분해서 끼어들었다.

"남자 배우는 누굽니까?"

토비 워커가 비밀이지만 말해주겠다는 듯 어깨를 으쓱, 들었다 올리곤 대답했다.

"댄 고슬링."

황태준이 다시 한 번 와아, 하고 감탄사를 내뱉었고 정호는 남자 주연 배우의 이름을 듣고 확신했다.

자신이 알고 있는 바로 그 〈룰루랜드〉가 맞았다.

하지만 아쉽게도 3개월이라면 시간이 너무 촉박했다.

〈룰루랜드〉는 준비할 게 많은 대작이었다.

3개월 내내 연습을 해도 준비가 완벽하게 끝나리라는 보장이 없었다.

그건 다시 말해서 휴식기 없이 당장 강도 높은 연습에 합류해야 한다는 뜻이었다.

'게다가 여운이는 뮤지컬에 대한 이해도가 낮은 편이다. 그런 상황에서 뮤지컬 영화라니……. 배보다 배꼽이 큰 상황이야. 3개월도 촉박해. 강도에 강도를 더한 연습이 필요하다.'

정호는 결단을 내려야 했고 어쩔 수 없는 상황이라고 생각했다.

아무리 〈룰루랜드〉가 아카데미를 휩쓴 작품이라지만 소속 배우에게 쉴 틈도 없이 이런 고생을 강요할 수는 없었다.

'일단은 안 된다는 쪽으로 생각하자. 그래도 혹시 모르니 여운이한테 의사를 물어봐야겠어. 여운이 쪽에서 욕심을 내면 말릴 수도 없는 부분이니깐.'

이런 생각을 하면 정호가 입을 열었다.

"미안하지만 토비, 지금 이 자리에서 바로 영화의 출연을 결정할 수 없습니다. 한국에서 쉬고 있는 여운이의 의사를 확인해야 해요. 여운이가 최근 도통 쉬질 못한 상황이라 합류가 힘들 수도 있어요."

정호는 정중하게 토비 워커에게 양해를 구했다.

하지만 돌아오는 대답은 뜻밖이었다.

토비 워커가 호탕하게 웃으며 말했다.

"하하하. 뭔가 오해를 하신 모양이군요. 저희가, 그러니깐 후트 셔절이 원하는 배우는 강여운 양이 아닙니다."

정호가 머릿속으로 물음표를 띄웠다.

'여운이가 아니라고……?'

이 상황이 이해가 안 되는 건 황태준도 마찬가지였는지 황태준이 의아해하며 질문했다.

175

"네, 그러면?"

토비 워커가 순순히 대답했다.

"후트 셔젤이 〈룰루랜드〉의 여자 주연 배우로 점찍은 사람은 다름 아닌…… 유미지 양입니다."

◇ ◆ ◇

예상치 못한 이름이 나오자 정호와 황태준이 놀랐다.

하지만 정호와 황태준 모두 금방 상황을 이해했다.

인지도의 차이가 있을 뿐이지 확실히 뮤지컬 영화라면 강여운보다는 유미지가 주인공에 더 적합했기 때문이었다.

토비 워커도 그 부분을 꼭 집으며 후트 셔젤이 유미지를 원하는 이유에 대해서 설명했다.

"새 작품 〈룰루랜드〉를 준비하느라 바빴던 후트 셔젤은 새로운 〈미스 하노이〉가 대단하다는 얘기를 소문으로만 듣고 오랫동안 직접 경험하지 못했다고 합니다. 그러다가 〈룰루랜드〉의 여자 주연 배우 캐스팅에 난항을 겪으며 머리를 좀 식혀야겠다는 생각이 들었고, 그러다 우연히 보게 된 것이 〈미스 하노이〉였다고 합니다."

이야기가 흥미롭게 돌아간다고 생각했는지 황태준이 오호, 감탄사를 냈다.

하루 종일 놀라느라 바쁜 황태준의 감탄사에 신난 토비

워커가 한층 톤을 높이며 계속 얘기했다.

"처음에는 의구심이 들었다고 합니다. 자신이 과거에 봤던 〈미스 하노이〉는 차별적인 시선에도 불구하고 분명 완성도 높은 걸작이었고, 그런 까닭에 걸작에 손을 댄다고 작품이 정말 좋아질까 하는 생각이 들었던 것이죠. 그래서 후트 셔젤은 새로운 〈미스 하노이〉를 보기도 전에 잠정적으로 이렇게 판단을 내리고 있었답니다. 보나마나 걸작을 망치지 않는 선에서 대사만 조금 고쳤겠구나, 하고요."

여기까지만 듣고도 정호는 알 수 있었다.

어째서 후트 셔젤이 유미지를 캐스팅하려고 마음을 먹었는지.

정호의 생각을 증명하듯 토비 워커가 말을 이었다.

"하지만 〈미스 하노이〉가 시작되면서 후트 셔젤의 생각은 바뀌었습니다. 그리도 동시에 이렇게 생각하며 인정할 수밖에 없었답니다. '이런 〈미스 하노이〉를 만들어내다니! 걸작을 더 멋진 걸작으로 바꿔버렸구나!' 하고 말이죠."

정호와 황태준이 고개를 끄덕였다.

차별적인 시선을 가지고 있는 누구라도 새로운 〈미스 하노이〉를 보고 나면 저런 반응을 보일 수밖에 없다는 걸 두 사람은 알고 있었기 때문이었다.

그만큼 두 사람은 새로운 〈미스 하노이〉를 잘 알고 있는 인물들이었다.

"하지만 여기서 끝이 아니었답니다. 〈미스 하노이〉를 다 보고 나와서 알게 된 사실이 후트 셔젤을 더 놀라게 했죠. 그 사실은 바로…… 유미지 양이 수정한 대본을 들고 미국으로 건너와 보수적이기로 유명한 〈미스 하노이〉의 제작진을 직접 설득했다는 것이었습니다."

다 알고 있는 얘기임에도 불구하고 소름이 돋는지 황태준이 자신의 온몸을 양손으로 쓰다듬었다.

정호가 속으로 생각했다.

'놀랄 수밖에 없었겠지. 미지가 〈미스 하노이〉에게 쏟아붓는 열정. 그 열정에는 연기보다도 사람을 생각하는 진정한 마음이 담겨 있으니깐.'

사실 수십 번도 넘게 유미지의 새로운 〈미스 하노이〉를 관람한 정호조차도 관람 도중이 소름이 돋을 때가 많았다.

그만큼 유미지의 열정과 연기는 대단했다.

"그런 이유에서 후트 셔젤은 〈룰루랜드〉의 여자 주연 배우로 유미지 양을 강력하게 원하고 있습니다. 유미지 양이 아니라면 〈룰루랜드〉가 완성되지 않을 거라는 생각을 할 정도로요."

◇　◆　◇

　이외에도 토비 워커는 후트 셔젤에 대한 많은 이야기를
들려줬다.

　토비 워커는 마치 후트 셔젤의 대변인이라도 된 양 열변
을 토했지만, 그 이야기들의 결론은 하나같이 후트 셔젤이
얼마나 강력하게 유미지를 캐스팅하고 싶어 하는지에 대한
것이었다.

　그래서 어느 순간부터 정호는 토비 워커의 얘기에는 집
중하지 않고 〈룰루랜드〉에 대한 간단한 정보부터 대본까지
담긴 서류를 뒤적거리고 있었다.

　하지만 황태준은 토비 워커의 이야기에 빠졌는지 계속
해서 호응했고 그 덕분에 토비 워커의 이야기가 길어졌
다.

　다행인 점은 토비 워커의 이야기가 전부 정호의 흥미를
끌지 못한 건 아니라는 사실이었다.

　그중에서도 인상적인 이야기가 하나 있었다.

　그것은 유미지 이전의 내정된 〈룰루랜드〉의 여자 주연
배우에 대한 이야기였다.

　"원래 후트는 제시카 스톤을 눈여겨보고 있었답니다."

　토비 워커의 말에 대본을 훑어보고 있던 정호가 고개를
들었다.

그럴 수밖에 없는 게 제시카 스톤은 이전의 시간에서 〈룰루랜드〉의 여자 주연으로 캐스팅된 배우였기 때문이었다.

'설마 제시카 스톤을 포기했다고……?'

정호가 이런 생각을 하는 동안 토비 워커가 계속 말했다.

"하지만 〈미스 하노이〉를 보고 생각을 바꿨죠. 문득 귓가로 이런 속삭임이 전해져 왔답니다. 제시카 스톤을 주연 배우로 원하는 마음, 그거 혹시 동양인에 대한 차별 아니야?"

후트 셔젤은 속으로 아니라고 대답하고 싶었지만 그럴 수가 없었다고 한다.

마음 한편에서 뮤지컬 영화의 여자 주인공은 당연히 서양을 대표하는 미인이어야 한다는 생각이 자리 잡고 있다는 걸 알고 있었기 때문이었다.

토비 워커가 정호가 읽고 있던 대본을 가리키며 말했다.

"읽어보니 어떻습니까, 오 이사님? 보통의 뮤지컬 영화와는 다른 느낌이 나지 않습니까?"

정호는 토비 워커의 질문을 듣고 원하는 대답이 무엇인지 금방 깨달았다.

정호가 원하는 대답을 들려줬다.

"미지와 댄 고슬링이 연기를 하는 장면을 상상해도 아무런 위화감이 없더군요. 차별적 시선을 줄 만한 부분을 과감히 삭제하고 미지가 주인공인 적절한 동기를 부여한 느낌이랄까요?"

정호의 대답을 듣고 토비 워커가 무릎을 탁, 하고 쳤다.

"역시 오 이사님이군요! 바로 그겁니다! 〈룰루랜드〉는 완벽히 유미지 양을 위해서 수정된 대본인 거죠!"

이렇게 말하며 토비 워커가 찬찬히 〈룰루랜드〉의 대본을 해석하기 시작했다.

기존의 대본과 수정 후의 대본이 어떻게 다른지 면밀히 분석한 해석들이었고 그 해석을 들을수록 후트 셔젤이 얼마나 유미지를 원하는지 알 수 있었다.

토비 워커의 해석을 들으며 정호가 생각했다.

'토비 워커의 해석은 내 생각과 완벽하게 일치해. 확실히 후트 셔젤은 미지를 누구보다 강력하게 원하고 있어. 이 정도라면 영화 출연 경험이 없는 미지라도 믿고 따라갈 수 있지 않을까?'

뮤지컬에 대한 이해도가 높다는 점에서 유미지는 강여운보다 〈룰루랜드〉에 어울리는 배우였다.

하지만 유미지는 몇 번의 뮤직비디오 출연을 제외하면 뮤지컬이라는 한 우물만 판 배우였다.

이건 분명한 약점이었다.

혹여 후트 셔젤은 만족한다고 해도 유미지 스스로가 불만족스러워할 수도 있는 부분이기도 했다.

누구보다 연기에 대한 욕심이 큰 배우가 유미지였기 때문이었다.

정호는 이 부분에 대해서 토비 워커와 상의하기로 했다.

제작사에게 위험성을 미리 알리는 게 여러모로 낫다고 판단한 것이다.

정호의 말을 듣고 토비 워커가 대답했다.

"유미지 양이 출연만 해준다면 후트는 그런 걸 따지지 않겠지만…… 확실히 유미지 양의 입장에서 〈룰루랜드〉를 출연하고 싶지 않을 수도 있겠군요?"

정호가 순순히 동의했다.

"그렇습니다."

그러자 토비 워커가 고민 끝에 말했다.

"그렇다면 유미지 양에게 선택권을 주는 게 어떨까요? 만약 유미지 양이 거절한다면 저도 최선을 다해서 후트를 설득해 다른 여자 주연 배우를 찾도록 하겠습니다."

확실히 그게 제일 나을 것 같았기 때문에 정호는 별말 없이 유미지에게 전화를 걸었다.

정호가 현재의 상황을 설명하자 유미지가 전화기 너머로

되물었다.

"네? 뮤지컬 영화요?"

16장. 의외의 모습?

유미지는 신중했다.

뮤지컬계라는 한 우물만을 파긴 했지만 그렇다고 해서 영화나 드라마 등의 다른 장르에 대한 공부를 게을리한 것은 아니었다.

그런 까닭에 후트 셔젤이 어떤 인물인지 유미지도 잘 알고 있었다.

하지만 그럼에도 불구하고 대본도 읽어보지 않고 대뜸 후트 셔젤의 손을 잡는 우를 범하지는 않았다.

그보다는 신중하게 명확한 이유를 대며 한발 물러섰다.

"오 이사님도 아시다시피 저는 영화 쪽에 경험이 전무한 배우예요. 그런 까닭에 후트 셔젤이 얼마나 대단한 인물인지 알고 〈룰루랜드〉가 저한테 얼마나 좋은 기회인지도 알지만…… 함부로 뭔가를 정할 수는 없어요."

유지의 말에 정호가 대답했다.

"네 말이 맞아. 대본 보낼게. 이쪽에서 널 강력하게 원하고 있으니까 다른 누군가가 캐스팅될까 조마조마해할 필요도 없을 거야. 부담감 가지지 말고 대본을 꼼꼼하게 읽어본 뒤 스스로를 위한 판단을 내려."

"감사합니다, 오 이사님."

그렇게 정호는 유미지와의 전화 통화를 끝마치고 토비 워커에게 양해를 구해 대본을 유미지의 메일로 보냈다.

메일을 다 보내고 토비 워커가 입을 열었다.

"이제 차분히 앉아서 유미지 양의 선택을 기다리면 되겠군요."

정호가 대꾸했다.

"한두 주 안에 검토를 끝내고 답변을 줄 겁니다. 신중하긴 하지만 도전해볼 만한 대본이라고 생각되면 적극적으로 나서는 게 바로 미지의 장점이거든요."

"그런 것 같더군요. 새로운 〈미스 하노이〉도 그렇게 탄생했죠. 그나저나…… 연락이 올 때가 됐는데……."

토비 워커의 중얼거림에 정호와 황태준이 물음표를 띄웠다.

185

그때 토비 워커의 스마트폰이 울렸다.

지이잉.

토비 워커가 기뻐하며 외쳤다.

"왔나 보군요! 잠깐 전화 좀 받겠습니다!"

영문을 몰라 하는 정호와 황태준을 두고 토비 워커는 신나서 통화를 했다.

그러고는 잠시 후, 전화를 끊고 정호와 황태준에게 말했다.

"오 이사님과 황 대표님이 오신다는 소식을 듣고 영국에서 급하게 넘어온 두 사람이 있는데 혹시 만나보겠습니까?"

뭔가가 떠오른 정호가 혹시나 하는 마음에 물었다.

"설마…… 제가 생각하는 두 사람은 아니겠죠?"

황태준도 돌아가는 분위기를 감지하고 영국에서 급하게 넘어왔다는 두 사람의 이름을 떠올렸다.

그 이름은 그대로 감탄사처럼 튀어나왔다.

"후트 셔젤! 댄 고슬링!"

황태준의 외침에 토비 워커가 긍정했다.

"역시 두 분이시군요. 맞습니다. 그 두 사람이 지금 공항에서 이곳으로 오는 중이라고 합니다. 도착까지 20분 정도 남았군요."

◇ ◆ ◇

정말 20분 후, 후트 셔젤과 댄 고슬링이 21세기 폭시사에 도착했다.

두 사람 모두 굉장히 인상적인 인물이었다.

특히 후트 셔젤은 비서의 안내를 받아 토비 워커의 부사장실에 도착하자마자 정신이 없게 행동을 하기 시작했다.

대뜸 토비 워커의 손부터 잡더니 이렇게 물었다.

"유미지 양은 어떻게 됐습니까? 유미지 양은?"

딱 봐도 괴짜의 풍모가 느껴지는 첫마디였다.

토비 워커가 위험을 감지하고 후트 셔젤을 진정시켰다.

"좀 진정해요, 후트. 방금 유미지 양과 통화를 나눴고 대본을 읽어보고 답변을 주기로 했답니다."

토비 워커의 말에 후트 셔젤이 환호성을 질렀다.

"워우! 유미지 양이 내 대본을 읽어본다니! 내 대본을!"

하지만 기뻐하기도 잠시, 후트 셔젤은 이내 걱정을 시작했다.

"그런데 괜찮을까요? 유미지 양이 제 대본을 보고 좋아할까요?"

토비 워커가 난감하다는 미소를 지었고 보다 못한 정호가 끼어들었다.

덩치가 산만 한 토비 워커가 난감해하는 모습이 무척이나 안쓰럽게 느껴졌기 때문이었다.

"걱정 마세요, 셔젤 씨. 미지는 대본을 긍정적으로 검토할 겁니다. 제 눈에도 이 대본은 분명 좋아보였거든요."

정호의 목소리를 들었는지 그제야 후트 셔젤이 고개를 돌려 정호와 황태준을 쳐다봤다.

그러더니 무릎을 탁, 치며 속사포처럼 말을 뱉어냈다.

"아! 오늘은 이 두 분을 만나러 온 거였죠! 제가 잊었습니다. 죄송합니다. 제가 잊으려고 잊은 게 아니라 너무 긴장이 돼서. 아시다시피 유미지 양은 최고의 배우이지 않습니까? 물론 저와 같이 온 댄도 최고의 배우이지만 뮤지컬에 한정해서 생각하면 유미지 양을 따라올 자는 없죠. 암 그럼요, 그렇고말고요."

댄 고슬링은 후트 셔젤의 입에서 괜히 자신이 언급되자 토비 워커와 비슷한 난감한 기색의 표정을 지었다.

그러다가 후트 셔젤이 말을 잠깐 끊자 서둘러 끼어들어 정호와 황태준에게 악수를 건네며 말했다.

"〈룰루랜드〉의 주연을 맡게 된 배우, 댄 고슬링이라고 합니다. 잘 부탁드립니다."

"청월 엔터테인먼트의 이사, 오정호입니다."

"뉴 아트 필름의 대표, 황태준입니다."

후트 셔젤이 정신이 없다는 점에서 인상적인 인물이라면

댄 고슬링은 빛나는 외모와 침묵으로도 가릴 수 없는 끼가 인상적인 인물이었다.

영국의 신사다운 매너, 그리고 특유의 감성과 자유로움이 담긴 커다란 눈동자가 무척이나 매력적이었다.

잘생긴 남자라면 종류별로 질리도록 만나온 정호나 황태준조차도 댄 고슬링의 외모를 보며 놀랄 수밖에 없을 정도였다.

그사이 숨을 고른 후트 셔젤도 손을 내밀어 악수를 청했다.

"제가 이번에는 인사도 잊었군요. 계속해서 무례를 범해 죄송합니다. 저는 〈룰루랜드〉의 연출 및 각본을 맡게 된 후트 셔젤입니다."

후트 셔젤이 내민 손을 정호와 황태준이 차례로 맞잡았고 그와 함께 분위기가 조금 안정되는 느낌이었다.

그 느낌을 유지하기 위해 토비 워커가 서둘러 입을 열었다.

"인사를 다 하셨으면 이제 자리에 앉아서 대화를 하실까요? 차를 마시면서 차분하게요."

차분한 분위기에서 대화가 오고가길 바랐던 토비 워커의 생각과는 다르게 금세 부사장실의 분위기는 뜨거워졌다.

후트 셔젤이 자신이 얼마나 열정적으로 유미지의 캐스팅을 원하고 있는지 설명을 하기 시작했기 때문이었다.

결론부터 말하자면 다행히 후트 셔젤과의 대화는 즐거웠다.

정신이 없다는 것은 한결같았지만 후트 셔젤의 열정은 사람을 매료시키기에 충분했다.

뿐만 아니라 열정적으로 말하는 가운데에서도 이야기의 핵심을 찾아 임팩트를 주고 강약을 조절한다는 점이 후트 셔젤과의 대화를 특별하게 만들었다.

그건 마치 후트 셔젤의 영화 〈프레셔〉를 보는 기분과 비슷했다.

'〈프레셔〉를 볼 때도 이랬지. 콜린 교수가 끊임없이 마틴을 채찍질할수록 영화에 빠져들 수밖에 없었어. 후트 셔젤과의 대화는 꼭 콜린 교수에게 채찍질을 당하는 마틴이 된 것만 같은 느낌을 준다.'

이런 느낌을 받은 건 정호뿐만이 아니었는지 미팅을 끝내고 숙소로 돌아오는 길에 황태준은 하품을 하며 이렇게 말하기도 했다.

"후트 셔젤은 아주 재밌는 인물이군요. 또다시 만나서 대화를 나누고 싶은 기분이 들게 해요. 그러면 이렇게 또 무척이나 피곤해하긴 하겠지만요."

정호도 이 말에 동의했고 다음 날, 황태준의 소망이 쉽게 이뤄졌다.

후트 셔젤의 수다로 전날 무척이나 피곤했던 정호가 침대에서 곯아떨어져 자고 있을 때였다.

딩동, 하고 숙소의 벨이 울렸다.

여전히 피곤했던 정호는 이불을 머리끝까지 들어올렸다.

숙소 밖에서 벨을 울리고 있는 누군가가 떠나주기를 바라면서.

하지만 다시 한 번 딩동, 하고 벨이 울렸고 결국 정호가 침대에서 벗어나 숙소의 문을 열었다.

벌컥, 열린 문 뒤에는 다름 아닌 후트 셔젤이 서 있었다.

"이렇게 아침 일찍 무례하게 찾아와 죄송합니다. 제가 얼마나 유미지 양과 같이 일하고 싶은지 어제 못다 한 얘기가 있거든요."

그렇게 후트 셔젤은 매일같이 찾아와 정호와 황태준을 괴롭혔다.

즐겁지만 피곤해서 괴롭고, 피곤해서 괴롭지만 즐거워서 괜찮은 그런 대화들의 연속이었다.

하지만 하루하루 시간이 지날수록 피곤함이 더 커져버렸고 어느새 정호와 황태준은 한계를 느끼기 시작했다.

후트 셔젤의 얘기를 들으며 정호는 속으로 이렇게 생각하기도 했다.

'빨리 미지야……. 빨리 검토를 끝내줘…….'

그나마 다행인 점은 유미지가 당초 예상보다 빠르게 〈룰루랜드〉의 검토를 완료했다는 것이었다.

대본을 보내고 10일이 지난 날, 유미지에게 전화가 걸려왔다.

"많이 기다리셨죠, 오 이사님? 제가 더 빨리 답변을 드렸어야 했는데…….."

"아니야, 미지야……. 이렇게 전화를 줘서 너무나도 고맙다……. 결정은 내린 거니…?"

정호가 긴장을 하며 물었다.

긴장이 될 수밖에 없는 게 유미지가 〈룰루랜드〉에 출연하고 싶지 않다고 말하는 순간, 후트 셔젤에게 시달릴 게 벌써부터 걱정이 됐기 때문이었다.

'그것만은 안 돼……. 만약 미지가 〈룰루랜드〉의 출연을 원하지 않는다면 그 사실을 숨기고 한국으로 돌아가는 비행기표부터 확보해야 한다……. 그것만이 살 길이야…….'

후트 셔젤의 수다에 질린 정호가 이렇게 마음을 먹는 사이 유미지가 대꾸했다.

"네, 결정했어요. 저…… 〈룰루랜드〉 할래요."

◇ ◆ ◇

유미지의 합류가 확정되자 〈룰루랜드〉의 배우들은 바로

연습에 들어갔다.

여자 주연 배우의 합류만을 기다리고 있는 상황이었기 때문에 유미지가 합류하자 모든 일이 순식간에 진행됐다.

〈룰루랜드〉의 배우들은 21세기 폭시사가 오하이오주에 마련한 연습 장소로 이동했고 유미지도 며칠 후, 그 연습 장소에 도착했다.

새로운 〈미스 하노이〉는 두 달 전에 월드투어를 끝마친 상태라 큰 공연이 예정돼 있지 않은 상태였다.

그 덕분에 유미지가 스케줄을 조정하는 것은 어렵지 않았다.

그렇게 유미지가 〈룰루랜드〉의 배우들과 호흡을 맞추기 시작했다.

정호가 〈룰루랜드〉의 배우들의 연습을 보며 생각했다.

'미지가 잘하고 있군.'

정호의 생각대로 유미지는 다행히 잘 적응하고 있었다.

유미지가 무슨 짓을 해도 극찬을 퍼부을 것 같은 후트 셔젤과는 달리 댄 고슬링을 비롯한 다른 배우들은 영화라는 장르에 익숙하지 못한 유미지를 걱정했지만 그건 모두 괜한 우려로 남았다.

유미지가 영화 촬영을 가정한 카메라 테스트를 무사히 통과했기 때문이었다.

단순히 통과한 정도의 수준이 아니었다.

유미지의 카메라 테스트를 본 모두가 유미지의 굉장한 연기를 칭찬할 수밖에 없었다.

'다들 미지를 너무 얕봤군.'

정호로서는 유미지의 카메라 테스트 결과가 당연하게 느껴졌다.

'늘 노력했으니깐……'

뮤지컬계에서 최고의 배우가 된 유미지였지만 성실한 유미지는 만족하지 않았다.

처음 연기를 배웠을 때의 열정을 간직하기 위해 언제나 영화나 드라마 연기에 대한 공부도 계속해 왔던 것이다.

'한 분야에서 일가를 이룬 미지다. 뮤지컬과 영화는 분명 장르의 차이점이 있지만 연기라는 점에서 일맥상통할 수밖에 없어. 다시 말해서 아주 미묘한 차이점만 수정한다면 미지는 오랜 연습 없이 영화에 어울리는 연기를 할 수 있다는 뜻이다.'

유미지는 끊임없는 공부를 통해서 이 미묘한 차이점이 무엇인지 알고 있었다.

그 결과, 다른 영화배우들이 놀랄 만큼의 연기력을 보여 줄 수 있었던 것이다.

'게다가 괴짜로 둘째라면 서러울 정 감독과 오랜 시간 함께해서 그런지 후트 셔젤의 수다에도 잘 적응하는군. 앞으로가 기대되는 행보야.'

기대감 속에서 3개월간의 연습은 순조롭게 완료됐다.

그렇게 연습을 마치고 〈룰루랜드〉의 본격적인 촬영을 앞두고 있을 때였다.

큐 엔터테인먼트의 기대작 〈로스트 퓨처〉가 마침내 국내와 미국에서 동시 개봉을 했다.

정호는 미국에서 〈로스트 퓨처〉를 관람했다.

유미지가 〈룰루랜드〉에 촬영하는 동안 전담 매니저 역할을 맡아야 했기 때문에 한국으로 돌아갈 시간이 없었다.

청월에서 파견한 총괄매니지먼트부 3팀 소속의 매니저와 의상팀의 코디가 다수 포진하고 있어서 며칠 정도는 자리를 비워도 상관없긴 했다.

하지만 영화 한 편 보자고 한국으로 돌아갈 수는 없는 일이라서 정호는 미국의 극장에서 〈로스트 퓨처〉를 관람하기로 마음먹었다.

어차피 정호의 영어 실력은 수준급이었다.

그렇게 오하이오주 근교의 필스아트 영화관이라는 곳을 찾은 정호는 〈로스트 퓨처〉를 보며 고개를 끄덕였다.

'이전의 시간과 조금 달라질 수도 있다고 생각했는데 확실히 다르군. 예전보다 더 공을 들인 티가 나고 있어.'

〈로스트 퓨처〉는 이전의 시간에서도 좋은 작품이었다.

대한민국 최고의 감독으로 평가받는 봉정남이 지휘봉을 잡아 할리우드급 배우들과 호흡을 맞췄다는 점에서 이미 큰 화제를 불러일으켰다.

대한민국 역대 영화 누적관객수 순위는 19위에 그치긴 했지만 최대 영화 시장이라고 할 수 있는 북미 시장에서 350개 이상의 상영관을 동원했다는 것만으로도 〈로스트 퓨처〉의 저력을 알 수 있는 대목이었다.

'이전의 시간에서도 아시아와 유럽에서도 좋은 평가를 받았지. 이번에도 마찬가지다. 〈로스트 퓨처〉는 좋은 흐름을 타고 있어.'

게다가 〈로스트 퓨처〉는 정호의 기억과는 조금 다른 영화가 되어 있었다.

기상 이변으로 모든 것이 얼어붙어 버린 지구에서, 살아남은 사람들을 태운 기차가 계속 돌고 있다는 설정부터 출연진까지는 모든 것이 그대로였다.

하지만 장면을 구성하는 방법부터 결말에 이르기까지의 전개가 조금 달라진 측면이 있었다.

'전개는 더 매끄럽고 CG의 활용이 이전보다 뛰어나다. 특히 상징성으로 많은 논란을 일으켰던 결말부가 완전히 달라졌어.'

정호의 기억에 따르면 원래 〈로스트 퓨처〉는 2년 빨리 탄생했어야 하는 영화였다.

하지만 정호의 존재가 나비 효과를 일으킨 것인지 영화는 2년 늦게 개봉이 됐고 그 기간만큼 〈로스트 퓨처〉는 더 완성도 높은 영화로 재탄생했다.

정호는 인정할 수밖에 없었다.

〈로스트 퓨처〉는 좋은 영화였다.

'내가 기억하는 것보다 더 좋은 성적과 수익을 거둘지도 모르겠어. 생각보다 만만치 않은 상대다.'

◇ ◆ ◇

정호의 예상대로 〈로스트 퓨처〉는 굉장한 성적을 거뒀다.

미국에 있느라 알지 못했지만 큐 엔터테인먼트는 사용할 수 있는 모든 미디어를 활용하여 적지 않은 기간 동안 〈로스트 퓨처〉를 광고에 노출시켰다.

특히 청월에서 이미 사용한 바가 있는 오프라인 매장 전략을 차용한 것이 주효했다.

큐 엔터테인먼트는 제스터 수준의 2차 사업 오프라인 매장을 보유하지 못한 상태였다.

몇 번 2차 사업을 시도했지만 투자한 2차 사업 전부 실패했기 때문이었다.

하지만 마음만 먹으면 제휴를 할 수 있는 업체는 많았다.

〈로스트 퓨처〉는 그만큼 파급력이 있는 영화였다.

큐 엔터테인먼트는 고민 끝에 수많은 업체 중에서도 스피오라는 의류업체와 적극적인 협약을 맺었다.

협약 후, 스피오의 매장 곳곳에는 슬림형 모니터가 설치됐다.

〈로스트 퓨처〉의 예고 영상과 출연 배우들의 홍보 영상 등을 틀기 위해 설치한 모니터였다.

또한 시사회를 통해 〈로스트 퓨처〉를 먼저 관람한 평가단에게서 따온 인터뷰 영상도 빠지지 않고 틀어졌다.

웅장한 BGM이 많이 깔리는 〈로스트 퓨처〉의 OST를 틀어놓기가 어려웠기 때문에 선택된 방식이었고 청월과는 좀 다르지만 나쁘지 않은 홍보 전략이었다.

다양한 포맷을 가진 영상을 활용한 덕분에 영상을 보는 사람으로 하여금 지루함을 느끼지 않게 한 것도 인상적이었다.

"어떤가? 너무 많이 베낀 것 같지 않나?"

"확실히 그렇군요."

안부 인사차 전화를 건 윤 대표로부터 큐 엔터테인먼트가 어떤 전략을 썼는지 전해 들은 정호가 속으로 생각했다.

'흉내를 낸 티가 많이 나긴 하지만 홍보 전략에 저작권이 있는 것도 아니니 어쩔 수 없지…… . 교모하게 잘 가져와서 자신들만의 방식으로 다시 전략을 짜기도 했고…… .'

어쨌든 이러한 홍보 전략 덕분에 〈로스트 퓨처〉는 국내에서도 많은 숫자의 관객을 동원할 수 있었다.

〈로스트 퓨처〉의 최종적인 역대 영화 누적관객수 순위는 2위였다.

기존에 2위였던 〈깡통시장〉의 1,400만을 뛰어넘어 1,500만의 역대 영화 누적관객수를 기록했다.

1위인 〈한산도〉의 1,700만에 약 200만이 모자란 엄청난 수치였다.

'이전의 시간에서 〈로스트 퓨처〉가 역대 영화 누적관객수 순위 19위였던 것을 생각해 봤을 때 감탄사가 나올 정도의 대단한 성적이군. 큐 엔터테인먼트가 정말 공을 들였어.'

정호는 〈로스트 퓨처〉의 선전에 박수를 보내고 싶은 마음이었다.

아시아, 유럽, 북미에서의 성적도 이전의 시간보다 미미하지만 더 높아진 까닭에 같은 대한민국 국민으로서 자랑스러운 마음도 들었다.

하지만 순수하게 감탄하거나 자랑스러워할 수 있는 상황이 아니었다.

그것은 다름 아닌 큐 엔터테인먼트가 공격적으로 내보낸 인터뷰 기사 때문이었다.

◇　◆　◇

〈룰루랜드〉의 촬영 준비로 한창 바쁜 어느 날, 갑작스럽게 강여운으로부터 메시지가 도착했다.

[강여운 : 오빠, 빨리 제 영화 스케줄 잡아 주세요.]

안 그래도 강여운의 차기작을 영화 쪽으로 생각하고 있던 정호는 21세기 폭시사와 함께 적극적으로 여러 작품을 검토 중이이었다.

하지만 그건 강여운이 신경 쓸 일이 아니었다.

자신이 출연할 작품을 고르는 데 신경을 많이 쓰는 배우라면 그럴 수도 있겠지만, 강여운은 보통 회사가 선별해 주는 작품에 출연하는 스타일이었다.

다시 말해서 선별한 대본 서너 부를 보내주면 그중에서 작품을 고른다는 뜻이었다.

그렇기 때문에 휴식기에는 최대한 쉬면서 작품이 선별되기를 차분히 기다리는 게 강여운의 스타일이었다.

그런데 갑자기 이렇게 보챈다니 정호로서는 이해하기가

힘든 상황이었다.

'애가 왜 이러지? 미지가 〈룰루랜드〉에 출연하게 돼서 조급해진 건가?'

그때 강여운으로부터 전화가 걸려왔다.

정호는 당황했다.

어느 정도 궤에 오른 이후로 이런 모습을 보인 적이 없던 강여운이었기 때문에 더 당황할 수밖에 없었다.

'정말 왜 이러는 걸까?'

정호가 호기심을 억누르며 강여운으로부터 걸려온 전화를 받았다.

"어, 여운아."

"오빠! 왜 메시지 읽고 답장 안 해요?"

강여운이 대뜸 소리부터 지르자 정호가 고개를 갸웃거리며 말했다.

"안 그래도 지금 답장하려고 했어. 근데 너 왜 그래? 왜 그렇게 조급해?"

잔뜩 성이 난 목소리로 강여운이 되물었다.

"오빠는 화도 안 나요?"

정호는 영문을 몰라 대꾸했다.

"응? 화가 왜 나? 지금 무슨 소리하는 거야?"

그러자 강여운이 당황했다.

정호가 상황 자체를 이해하지 못한다는 걸 뒤늦게 깨달은 것이었다.

"오빠, 아직 몰라요?"

"무슨 일인데 그래?"

상황을 파악한 강여운이 한숨을 내쉬며 말했다.

"하아~ 미국에 있어서 소식이 느렸구나⋯⋯."

무슨 일인가 싶어 정호가 상황 설명을 부탁하려는데 새로운 메시지가 도착했다.

예중태로부터 온 메시지였는데 가타부타 다른 설명은 없고 인터넷 기사의 주소만이 도착해 있었다.

정호는 직감적으로 이 인터넷 기사가 강여운이 이렇게 난리를 치는 원인이라고 생각했다.

"지금 중태 씨가 인터넷 기사 주소를 하나 보냈는데⋯⋯ 혹시 이게 네가 이렇게 화가 난 이유니?"

강여운이 대답했다.

"아마도 그렇겠죠. 확인해 보세요. 그리고 제 영화 스케줄 빨리 잡아주세요."

"무슨 일인지 모르겠지만 일단 알겠어. 기사 확인해 보고 다시 연락 줄게."

그렇게 전화를 끊고 정호는 바로 인터넷 기사를 확인했다.

그것은 바로 큐 엔터테인먼트의 수장 곽 대표의 인터뷰 기사였다.

—오랫동안 이렇다 할 성과를 내지 못한 북미 시장에서 이번에 〈로스트 퓨처〉로 좋은 성과를 내셨는데 그 비결은 무엇인가요?

—특별한 비결 같은 건 없습니다. 봉 감독님을 비롯한 스태프들과 수준 높은 배우들의 공이 가장 컸죠. 하하하. 사실 회사로서는 한 것이 거의 없다고 봐도 무방합니다. 좋은 환경에서 촬영할 수 있도록 도움을 주고 영화를 많은 사람들에게 알리기 위해 약간의 노력을 했을 뿐이죠.

—말씀만 들어보면 상당히 쉬운 일 같은데요? 어떤가요? 숨겨진 어려움 같은 건 없었나요?

—딱히 없었습니다. 회사로서는 아주 쉬운 일이었어요. 그러다 보니 이런 생각이 들더군요. '어째서 이렇게 쉬운 걸 지금까지 왜 많은 소속사들은 하지 못했나?' 하는 생각이요. 음…… 그 소속사들이 이룩해냈던 수많은 성과들을 비하하는 것은 아닙니다. 확실히 그 소속사들은 드라마나 걸 그룹 시장에서 강세를 보이고 있고 말도 안 되는 훌륭한 성과들을 냈죠. 하지만 인정할 건 인정해야 한다고 생각합니다. 그 소속사들은 노력하지 않았고 시도하지 않았습니다. 그랬기 때문에 언제나 제자리걸음이었던 겁니다.

—여기서 지칭하는 소속사들은 어떤 소속사들을 가리키는 건가요?

—죄송하지만 그 부분은 함구하겠습니다. 괜한 분쟁을

일으키고 싶지 않아서요. 다만 큐 엔터테인먼트가 어떤 소속사들보다도 노력하는 데, 시도하는 데 주저하지 않는다는 걸 알아주시면 감사하겠습니다.

정호는 어렵지 않게 알아봤다.

'소속사들'이라고 지칭했지만 이 '소속사들'은 복수가 아니라 단수라는 것을.

그리고 이 '소속사들'은 바로 청월을 가리킨다는 사실을.

정호가 속으로 생각했다.

'후발 주자에 대한 진입 장벽을 쌓기 위해 곽 대표가 꽤나 노력을 하는군. 이 정도면 확실히 여운이가 화를 낼 만도 한데?'

인터넷 기사도 기사지만 인터넷 기사에 달린 댓글들이 가관이었다.

청월의 승승장구를 눈꼴시어 했던 악플러들이 모두 튀어나와 청월을 향해 강력한 비난을 퍼붓고 있다는 느낌이었다.

심지어 간간이 지금껏 할리우드로 나가 〈로스트 퓨처〉만큼의 성과를 내지 못한 강여운에게도 비난의 화살을 겨눴다.

'얕은 수작이지만 이 정도면 곽 대표의 진입 장벽 전략이 어느 정도 먹혀들었다는 걸 인정하지 않을 수가 없겠는걸.'

정호가 그렇게 기사를 살피며 상황을 정리하고 있을 때 예중태로부터 전화가 걸려왔다.

"기사 보셨습니까?"

"네, 봤습니다."

정호의 대답을 듣고 예중태가 국내 상황에 대해서 차분하게 설명했다.

"상황이 생각보다 좋지 않습니다. 곽 대표의 인터뷰 기사를 시작으로 많은 언론사들이 청월을 비난하는 기사들을 쏟아내고 있는 실정입니다. 일부 청월을 옹호하는 여론이 있긴 하지만, 여론은 청월이 당하는 상황에 신이 난 것처럼 청월을 공격하는 쪽으로 기운 편입니다."

확실히 좋지 않았다.

원래 좋은 일은 느리게 퍼지고 나쁜 일은 빠르게 퍼지는 법이었다.

또 때론 이렇게 별것도 아닌 비난으로 소속사가 타격을 받을 수 있는 게 연예계이기도 했다.

예중태가 계속 말을 이었다.

"저와 긴밀하게 연결된 언론사들은 이런 분위기에 동조하고 있지 않지만 소문이 어느 정도까지 퍼질지 모르겠습니다. 벌써부터 괜한 루머로 변질되기 시작하는 정황이 목격되기도 했습니다. 적절한 조처가 필요해 보이는데 어쩌시겠습니까?"

예중태의 질문에 정호가 신중하게 고민한 뒤 대답했다.

"무시하세요."

매니지먼트 제왕

18장. 비난 속에서

"네? 정말 그래도 되겠습니까?"

정호의 대답을 듣고 예중태가 되물었다.

정호가 순순히 대답했다.

"물론입니다. 그냥 무시하도록 하죠."

"하지만 그래서는…… 소문이 계속해서 와전되어 청월을 비롯한 오 이사님에게 안 좋은 쪽으로 상황이 흘러갈 수도 있습니다."

예중태의 의견은 충분히 일리가 있었다.

예중태와 통화를 하기 전, 정호도 SNS상의 반응을 살펴봤는데 확실히 소문이 악질적으로 변질되는 낌새가 느껴졌다.

그중에서도 가장 심한 것은 문화왕이라는 프레임으로 청월을 좌지우지하는 정호가 드라마 쪽에 커넥션이 있어, 자신의 이익을 위해 청월의 영화 쪽 발전을 의도적으로 막았다는 헛소문이었다.

도무지 출처를 파악할 수 없는, 말도 안 되는 헛소리였다.

'확실히 이대로 놔둔다면 소문이 커지고 한동안 청월에 안 좋은 영향을 끼치겠지. 하지만 잠시뿐이다.'

정호가 차분하게 현재의 상황을 되짚으며 말했다.

"이대로 놔둬도 악질적인 헛소문이 늘어나겠지만 잘못 대처한다면 오히려 더 불이 붙일 수도 있습니다. 무엇보다 큐 엔터테인먼트에서 가만히 있지 않을 거예요. '성과'가 없는 상황에서 입만 살았다며 좋다고 달려들겠죠. 악플러들도 그 흐름에 편승할 거고요."

정호가 현재의 상황을 무시하는 게 최선이라고 생각한 이유가 바로 여기에 있었다.

큐 엔터테인먼트가 이런 소문을 낼 수 있었던 것은 〈로스트 퓨처〉라는 '성과'를 냈기 때문이었다.

이 성과가 아니었다면 청월은 여전히 영화 쪽으로 가장 큰 가능성을 가진 소속사였을 테고, 이런 상황에서는 큐 엔터테인먼트가 뭐라고 떠들어도 아무도 들어주지 않았을 것이다.

하지만 현재 큐 엔터테인먼트는 〈로스트 퓨처〉로 확실한 성과를 낸 상태였다.

'그러면서 갑과 을이 뒤바뀌었지…….'

정리하자면 큐 엔터테인먼트가 성과를 낸 상황이기 때문에 청월이 무슨 소리를 해도 들어줄 사람이 없다는 뜻이었다.

오히려 이로 인한 역공을 당할 가능성이 더 컸다.

'그렇다고 강경하게 법적 대처를 하자니 그것도 쉽지 않다…….'

절차가 워낙 복잡했고 자칫 잘못하다가는 소문을 막으려다가 흉터가 남을 상처를 입을 수도 있었다.

법적 조치로 청월과 큐 엔터테인먼트가 치킨게임을 벌이는 상황이 올 수도 있다는 뜻이었다.

'곽 대표가 교묘하게 상황을 잘 만들었어. 우리가 법적 대처를 할 수 없다는 걸 알고 있었던 거지.'

정호가 생각을 정리하고 있을 때 정호의 말을 듣고 상황을 함께 이해한 예중태가 대답했다.

"확실히 그렇군요. 하지만 그래도 이대로 있을 수만은 없습니다. 제가 언론사 측에 요청해서 이와 관련된 기사만이라도 줄일 수 있게 노력하겠습니다."

소극적인 방어라도 해야 하는 상황이라는 점에는 정호도 동의했다.

"그게 최선이겠군요. 부탁 좀 드리겠습니다."

◇ ◆ ◇

결과적으로 청월에 대한 악질적인 소문은 금세 수그러들었다.

아무런 대처를 하지 않았기 때문이 아니라 다른 흥미로운 소문이 돌았기 때문이었다.

그것은 바로 대형급 스타의 연애설이었다.

메세나에 소속된 배우 두 사람의 연애설이었는데 두 사람 다 정호도 잘 알고 있는 인물이었다.

다름 아닌 〈태양의 후계자〉에서 윤세주 역을 맡았던 성소정과 〈신사의 품위〉에서 김태산 역을 맡았던 경세찬이 연애설의 주인공들이었다.

'오호…… 두 사람이 사귀고 있었군. 이건 정말 전혀 몰랐는데?'

어쨌든 두 사람 덕분에 뜨거웠던 청월에 관한 여론은 자취를 감추었고 사람들의 시선은 성소정과 경세찬에게 쏠렸다.

정호로서는 다행스러운 일이었다.

'〈룰루랜드〉의 공식적인 제작이 발표되면 다시 악플러들이 찾아오겠지만 그래도 한동안은 조용하겠군. 이거,

성소정과 경세찬이 결혼이라도 하면 축의금을 거하게 보내줘야겠는걸?'

무엇보다 다행스러운 점은 청월에 관한 악질적인 소문이 사라지자 강여운이 안정을 되찾았다는 것이었다.

청월을 비롯한 정호에게 안 좋은 소문이 도는 걸 도저히 참지 못하겠는지 강여운은 매일같이 전화를 걸어와 신작을 시작하자고 졸랐다.

'여운이의 생각엔 그것만이 현재의 상황을 타개할 유일한 방법이었을 테니깐.'

하지만 메세나의 연애설 덕분에 청월에 관한 악질적인 소문이 사라졌고 강여운이 정호에게 전화를 걸어오는 일도 적어졌다.

게다가 하도 걱정을 하길래 보내준 〈룰루랜드〉의 대본이 괜찮았는지 강여운은 완벽하게 안심을 한 느낌이었다.

"이거 완전 미지를 위한 대본인데요? 이거라면 큐 엔터테인먼트에 한 방 먹여줄 수도 있겠어요!"

오히려 강여운이 신나서 이런 소리를 할 정도였다.

이런 반응은 전혀 이상하지가 않았다.

그만큼 후트 셔젤의 대본은 훌륭했고 촬영장의 분위기도 무척이나 좋았다.

예중태와는 달리 안 좋은 소문이 퍼지는 와중에도 정호가 침착할 수 있었던 것도 바로 이런 〈룰루랜드〉에 대한 믿음 때문이었다.

'〈룰루랜드〉는 첫 촬영부터 아주 순조로웠다. 특히 미지 와 댄의 호흡이 환상적이야.'

좋은 촬영장의 분위기가 영화의 흥행을 반드시 좌우하는 것은 아니었다.

촬영장 분위기는 다양한 이유로 좋을 수 있었다.

감독이 유쾌한 사람이거나, 제공되는 식사가 훌륭하거 나, 촬영 스케줄이 여유롭거나 하는 등의 다양한 이유가 촬 영장의 분위기를 좋게 만들 수 있었고 이런 이유들은 영화 의 흥행과는 전혀 상관이 없었다.

하지만 촬영장의 분위기가 '배우들의 연기와 호흡' 때문 에 좋다면 얘기는 달라졌다.

그건 충분히 영화의 흥행을 좌우하는 결정적인 요소가 될 수 있었다.

특히 주연 배우의 연기와 호흡이 뛰어나다면 엄청난 시 너지 효과를 내는 것이 가능했다.

그리고 〈룰루랜드〉는 지금 주연 배우 두 사람의 연기와 호흡으로 인해 연일 감탄사와 박수가 쏟아지고 있는 중이 었다.

"대단합니다, 미지!"

"댄! 당신은 짱이에요!"

"와우, 미쳤군! 이 영화는 대박이 날 거야!"

"뛰어나가서 같이 춤을 추고 싶은 기분이었어요! 그런 느낌이었다고요!"

유미지와 댄 고슬링이 호흡을 맞출 때마다 이런 식의 감탄사가 박수와 함께 쏟아졌다.

보통의 영화라면 이럴 일이 없었다.

아무리 뛰어난 호흡으로 연기를 해도 이런 식의 감탄사나 박수는 쏟아지지 않았다.

누군가 칼에 맞아 죽는 연기를 혼신의 다해서 한다고 감탄사나 박수를 칠 리가 없었기 때문이었다.

하지만 〈룰루랜드〉는 뮤지컬 영화였다.

그건 주연 배우들이 장면마다 춤을 추고 노래를 부른다는 뜻이었고 다른 영화에서는 찾아볼 수 없는 이 역동적인 특징이 연기와 호흡에 대한 감탄사와 박수를 절로 불러일으켰다.

그러다 보니 촬영장 분위기가 좋을 수밖에 없었다.

마치 매일이 일종의 축제 같았다.

그리고 이 축제 같은 분위기가 다른 배우들에게도 긍정적인 효과를 불러일으켰다.

후트 셔젤은 오케이 사인을 낼 때마다 이렇게 소리를 질렀다.

"이게 진짜 〈룰루랜드〉야! 카메라에 찍히지 않는 〈룰루

214   매니지
먼트의
제왕7

랜드〉가 여기에 또 있다고!"

사랑을 하고 있는 매 순간, 사랑을 기억하는 어떤 순간, 찾아드는 가상의 공간 〈룰루랜드〉.

이 〈룰루랜드〉가 촬영하는 순간만이 아니라 촬영을 하지 않는 순간에도 찾아들고 있었다.

그건 다시 말해서 모든 배우들이 〈룰루랜드〉를 사랑하기 시작했다는 뜻이었다.

'정말 동화 같고 정말 뮤지컬 같은 일을 배우들이 스스로 만들어내고 있군. 그리고 이 모든 일의 시발점이었던 미지와 댄, 이 두 사람은 어쩌면 내 인생에 다시 볼 수 없을 환상의 커플이 될지도 모르겠어.'

◇ ◆ ◇

그렇게 꿈만 같은 환상적인 분위기에서 〈룰루랜드〉의 모든 촬영이 끝났다.

그사이 제작 발표회 등의 사건을 겪으며 다시 한 번 청월과 정호는 비난의 대상이 됐다.

─청월, 〈룰루랜드〉를 통해 다시 한 번 할리우드 도전!

─청월은 뮤지컬 영화가 영화계의 무덤이라는 걸 모르나?

—뮤지컬 영화는 국내에서 성공할 수 없다, 이것은 하나의 공식.

—〈프랑스, 장발장〉의 성공은 이례적인 후광 효과, 〈룰루랜드〉에는 이런 효과가 없다.

—스타 매니저 오정호, 이렇게 악수를 두나?

—할리우드의 적, 오정호!

각종 언론사들이 앞다투어 이런 기사를 냈고 SNS상에서도 비난의 여론이 들끓었다.

예중태가 현 상황을 어떻게 대처할지 묻기 위해 정호에게 다시 전화를 걸어왔다.

"무시하세요. 오히려 아주 좋군요."

정호의 대답에 예중태가 고개를 끄덕였다.

욕을 먹고 있는데 좋다니.

모순적으로 들릴 수도 있는 말이지만 정호와 마찬가지로 예중태도 돌아가는 상황을 정확하게 판단하고 있었다.

"확실히 덕분에 저절로 노이즈 마케팅이 되고 있습니다. 차라리 이런 언론을 부추겨서 〈룰루랜드〉의 홍보를 조금 더 확실히 하는 건 어떨까요?"

예중태의 의견을 듣자마자 정호가 오호, 하는 감탄사를 냈다.

"괜찮군요. 구체적으로 어떻게 하면 좋을까요?"

기다렸다는 듯 예중태가 대답했다.

"제 시사 프로그램을 통해서 〈룰루랜드〉와 〈로스트 퓨처〉를 전격적으로 비교하겠습니다. 〈룰루랜드〉를 비판할 만한 사람들을 모아서요."

"그렇게 하면 노이즈 마케팅은 확실하겠군요. 그 방송을 보는 제 입장에서는 마음의 상처를 받겠지만요, 하하하."

정호가 농담 섞인 어조로 말했고 예중태가 대꾸했다.

"이 정도 일로 마음의 상처 같은 거 받지 않는다는 거 이미 다 알고 있습니다."

"받는데요?"

예중태가 단호하게 대꾸했다.

"안 받는 거 압니다."

정호를 로봇으로 보는 건 예중태도 마찬가지인 모양이었다.

얼마 후, 국내에서는 예중태의 시사 프로그램이 방영됐다.

예고한 대로 〈룰루랜드〉와 〈로스트 퓨처〉를 전격적으로 비교한 특집 방송이었다.

예중태의 시사 프로그램은 대성공이었다.

여론은 더욱 심하게 청월과 정호를 향해 돌을 던지고

화살을 날렸다.

어찌나 심한지 윤 대표가 걱정을 할 정도였다.

"오 이사, 이대로 있어도 되겠나? 〈룰루랜드〉야 노이즈 마케팅으로 홍보를 한다지만 청월의 다른 연예인들은 무슨 죈가? 다른 연예인에게도 부정적인 여파가 닿을까 자꾸 걱정이 드네."

윤 대표의 말에 정호가 대답했다.

"아예 상관이 없지는 않겠죠. 하지만 언제나 좋은 의견만 들을 수는 없는 법입니다. 오히려 여태까지 너무 좋은 의견만 들었던 것도 있어요. 게다가 뜨겁게 타오르고 있는 이 소문은 한 달이면 완벽하게 진화될 겁니다."

하지만 윤 대표는 정호의 대답이 마음에 들지 않는지 확실하게 당부를 했다.

"진화만 돼서는 안 되네. 오래 참고 기다린 만큼 큰 소득을 얻어야 해."

정호는 윤 대표에게 확신을 주기 위해 대답했다.

"반드시 그렇게 될 겁니다."

이런 비난과 우려 가운데 〈룰루랜드〉가 마침내 개봉을 했다.

사람들은 욕을 하기 위해 극장으로 몰려갔고 그렇게 나온 첫날 관객수가 심상치 않았다.

첫날 동원 관객수가 자그마치 99만 명이었다.

비난과 우려를 종식시키는 입이 떡 벌어지는 수치였
다.

19장. 놀라운 수치

정호도 놀랄 수밖에 없었다.

'99만이라니⋯⋯.'

엄청난 수치였다.

이게 어느 정도의 기록이냐면 종전의 개봉일 최다 동원 관객수는 〈거함도〉의 98만이었다.

그다음은 〈미라〉와 〈대구행〉의 87만이었고.

다시 말해서 〈거함도〉는 〈미라〉와 〈대구행〉이 가지고 있던 기록을 10만 명이나 앞서서 깨버렸다는 뜻이었다.

그리고 이렇게 된 데에는 CG의 심혈을 기울인 홍보와 영화 상영관 독점의 전략이 숨어 있었다.

'그래서 〈군함도〉가 많은 비난을 받기도 했지. 하지만 〈룰루랜드〉에는 그런 전략이 전혀 없었다. 태준이가 부지런하게 움직여서 다수의 상영관을 확보하긴 했지만 〈거함도〉의 절반 수준밖에는 되지 않아.'

한마디로 영화 상영관 독점으로 〈거함도〉가 갱신한 98만이라는 엄청난 기록을 반밖에 되지 않는 상영관의 수를 가진 〈룰루랜드〉 갈아치운 셈이었다.

이건 예측하지 못한 '사건'이라고 할 수 있었다.

놀란 건 정호만이 아니었는지 황태준에게서 전화가 왔다.

"오 이사님, 개봉일 관객수 보셨습니까?"

"응, 봤다."

"이게 말이 됩니까?"

"글쎄……. 나도 이게 무슨 일인지 모르겠다……."

잠시 후, 두 사람은 어떻게 이런 상황이 나왔는지 파악할 수 있었다.

전혀 예상하지 못한 수치에 놀라 사고가 잠시 정지되긴 했지만 어차피 답은 하나였다.

노이즈 마케팅이 제대로 먹혀들었다는 것.

〈로스트 퓨처〉에서부터 시작된 큐 엔터테인먼트의 끈질긴 비난이 호사로 작용한 셈이었다.

여기에 황태준이 한 가지 분석을 더 내놓았다.

"청월에 대한 기대 심리도 작용했을 겁니다. 아무리 욕을 하고 비난을 퍼붓는다 해도 청월은 청월입니다. 3대 소속사를 저지하고 드라마 시장을 살려낸 청월이요. 그런 청월이 정말 미지 양을 〈룰루랜드〉라는 영화로 구렁텅이에 밀어 넣었는지 확인하고 싶었겠죠."

어느 정도 일리가 있는 말이었다.

그리고 SNS상의 반응을 살펴보니 황태준의 분석이 들어맞았다는 것을 확실히 알 수 있었다.

[청월 욕하려고 〈룰루랜드〉 보러 갔다가 청월을 찬양…….]

[ㅋㅋㅋㅋ진짜 〈룰루랜드〉는 신의 한 수더라ㅋㅋㅋㅋ]

[솔직히 후트 셔젤의 영화라고 해서 나는 이미 성공할 줄 알았다ㅋㅋㅋㅋㅋ]

[알긴 뭘 알아ㅋㅋㅋ]

[역시 청월이 그럴 리가 없지ㅋㅋㅋ 괜히 설레발치더니 악플러들 꼴좋다ㅋㅋㅋ]

[청월+유미지=넘사벽ㅋㅋㅋㅋㅋㅋㅋ]

[ㅋㅋㅋㅋ첫날 관객수 봤는데 이대로라면 〈로스트 퓨처〉도 고꾸라뜨리겠는데?ㅋㅋㅋ]

[ㅇㅇ동시 개봉한 북미 쪽에서도 반응이 좋다고 함ㅎㅎㅎㅎ]

[오정호 욕하려고 〈룰루랜드〉 보러 갔다가 오정호를

찬양…….]

　[근데 솔직히 오정호가 잘한 건 아니지 않음?ㅋㅋㅋㅋ]

　[담당 매니저라니깐 상관이야 있겠지만…… 솔직히 잘한 건 유미지지ㅋㅋㅋㅋ]

　[미지…… 뮤지컬 쪽으로만 활동해서 늘 아쉬웠는데 잘했다!]

　[네, 여기 유니버스 등판입니다ㅎㅎㅎ]

　[유미지 욕하려고 〈룰루랜드〉 보러 갔다가 유지미를 찬양…….]

　[뮤지컬계에서는 생태계 교란종으로 통하는 유미지지만 확실히 밀키웨이 멤버들 중에서는 임팩트가 제일 약했지ㅇㅇ]

　[제일 약해서 그래미 어워드?ㅋㅋㅋㅋ]

　[뭐가 약해ㅋㅋㅋㅋ 그래도 전부 너보다 잘나가는 밀키웨이다, 이 자식아!]

　[문화왕 욕하려고 〈룰루랜드〉 보러 갔다가 문화왕을 찬양…….]

　[근데 이번에는 청월이 진짜 잘한 거 같은 게 괜히 악플러랑 싸우지 않고 실력으로 모든 걸 보여준 느낌임ㅋㅋㅋㅋ]

　[역시 청월은 청월이지ㅋㅋㅋ]

　[방송사고 대처 갑, 밀키웨이ㅋㅋㅋㅋ 악플러 대처 갑, 청월ㅋㅋㅋㅋ]

[문화왕!ㅋㅋㅋ 어서 문화부장관이 되어서 대한민국의 문화를 이끌어주세요!ㅋㅋㅋㅋ]

[문화왕 드립 식상해ㅋㅋ]

[그래ㅋㅋㅋ 그만하자ㅋㅋㅋㅋ]

어쨌든 전체적으로 정호의 계산대로 상황이 흘러가고 있었다.

〈룰루랜드〉가 개봉을 하자마자 여론이 청월과 정호의 편으로 돌아섰기 때문이었다.

오히려 예상치 못한 사건으로 신기록을 달성했으니 더 좋은 상황이었다.

황태준이 정호에게 축하의 말을 건넸다.

"축하드립니다, 오 이사님. 이제 〈룰루랜드〉의 성공만이 남은 상황이군요."

황태준의 말에 정호가 신중한 태도로 대답했다.

"아직 모르지. 조금 더 시간을 두고 지켜보자고. 언제나 중요한 건 지속력이니깐."

다행히 〈룰루랜드〉는 지속력 또한 훌륭했다.

역대 최고의 속도로 연일 최다 관객수 기록을 돌파했다.

이건 이전의 시간에서도 벌어지지 않은 일이었다.

'저녁이면 뮤지컬을 즐기는 문화가 있었던 서양과는 달리 확실히 우리나라는 뮤지컬에 익숙하지 않을 수밖에 없다. 이전의 시간에서도 이런 점이 영향을 끼쳐서 〈룰루랜드〉가 역대 최고 성적에는 근접하지 못했지.'

하지만 지금은 달랐다.

유미지의 〈미스 하노이〉가 세계적인 극찬을 받으면서 자연스럽게 국내에서도 뮤지컬이 어느 정도 대중화가 된 상황이었다.

게다가 뮤지컬 형식으로 제작된 밀키웨이의 뮤직비디오가 유터보를 통해 상당 부분 노출이 되면서 이전의 시간보다 대중들이 뮤지컬에 익숙해진 상태이기도 했다.

또한 〈룰루랜드〉가 유미지 중심의 영화라는 사실도 국내의 영화팬들에게 어필하고 있었다.

'솔직히 과거의 〈룰루랜드〉는 서양인을 위한 어른판 동화 같은 느낌이 없지 않았다. 노란 머리에 파란 눈을 한 두 남녀가 사랑에 빠지는 그런 느낌의 동화 말이야. 하지만 지금의 〈룰루랜드〉는 다르지. 유미지가 주인공이 되면서 모든 차별적 시선이 사라졌어. 〈룰루랜드〉는 이제 모두가 차별 없이 즐길 수 있는 동화가 된 셈이다.'

뮤지컬의 대중화와 차별적 시선의 제거.

이 두 가지 요소가 국내의 영화팬들을 지속적으로 끌어

들였고 이전의 시간에서도 큰 돌풍을 불러왔던 〈룰루랜드〉
는 돌풍을 넘어서 허리케인에 가까운 영향력을 행사했다.

〈룰루랜드〉를 극찬하는 기사가 쏟아지거나 〈룰루랜드〉
에 대한 패러디가 반복되는 것은 기본이었다.

〈룰루랜드〉의 흥행을 분석하는 다양한 특집 프로그램들
이 생겨났고 뮤지컬이 '힐링', '먹방', '오디션' 과 같은 하
나의 흥행 키워드가 되어 뮤지컬을 소재로 하는 예능 프로
그램들이 방송가를 휩쓸었다.

대표적으로 〈뮤지컬 학교〉, 〈캐스팅, 뮤지컬〉, 〈나도 뮤
지컬 스타다〉 같은 프로그램들이 큰 인기를 끌었다.

모든 것이 〈룰루랜드〉의 영향력이었고, 이 영향력은 다
시 한 번 관객들을 극장으로 이끌었다.

'속도가 순조롭게 유지되고 있다. 이대로 계속 순풍을
타면 역대 최고 기록에도 도전할 수 있겠어.'

뿐만 아니라 북미 시장이나 아시아, 유럽 시장에서도 〈
룰루랜드〉의 행보는 눈부셨다.

이전의 시간에서도 아카데미를 휩쓸었던 영화답게 〈룰
루랜드〉는 북미 시장을 강타했고, 특히 차별적 시선을 제거
한 부분이 잘 통해서 정호가 기억하고 있는 것보다도 기대
수익이 높게 잡혔다.

또한 유미지의 존재는 아시아 시장에서도 효과를 발휘했
다.

글로벌 차일드인 유미지가 출연한다는 사실만으로도 아시아인들은 〈룰루랜드〉를 보기 위해 움직였고, 특히 춤과 노래가 접목된 장르인 만큼 발리우드에서도 〈룰루랜드〉를 즐기는 사람들이 많았다.

또한 다소 진지한 경향이 있는 유럽에서도 유미지의 존재로 영화 자체에 주제성이 담겼다는 극찬을 아끼지 않았고 그 극찬에 어울리는 성적이 나오고 있었다.

전 세계가 〈룰루랜드〉라는 동화에 흠뻑 빠진 셈이었다.

그렇게 허리케인이 휘몰아쳤고 〈룰루랜드〉는 최종 성적표를 받아들었다.

먼저 국내의 역대 영화 누적관객수 순위는 1,800만으로 1위였다.

350만 정도로 그쳤던 이전의 시간에 비해 약 5배나 많은 수치였다.

이렇게 된 데에는 뮤지컬이 방송가의 흥행 키워드로 작용한 것이 결정적이었다.

이 흥행 키워드로 인해 사람들은 지속적으로 〈룰루랜드〉에 대한 관심을 유지할 수 있었고 다양한 연령대의 사람들이 〈룰루랜드〉를 찾아보는 계기가 되었다.

만약 장년층과 노년층이 뮤지컬에 대한 거부감을 가지지 않았다면 더 높은 성적이 나올 수도 있었다는 게 전문가들의 분석이었다.

'하지만 놀랄 일은 여기서 다가 아니지.'

북미, 아시아, 유럽 시장을 총합한 최종 수익도 집계됐다.

최종 수익은 자그마치 약 4억4천이었다.

그것도 한화가 아닌 달러로.

한화로 계산하면 약 5천6백억 원에 해당하는 수치였다.

'내가 기억하기로 이전의 시간에서 〈룰루랜드〉의 수익은 제작비의 14배에 해당하는 4억4천 달러였다. 이번에는 제작비가 조금 더 사용되긴 했지만 5억1천 달러라니. 한화로 7백억이나 더 벌어들였다는 소리인가?'

가공할 만한 수익이었다.

당초에 기대 수익으로 계산된 것이 4억6천 달러였던 것을 생각해볼 때, 이건 21세기 폭시사를 비롯한 후트 셔젤도 예상하지 못한 결과라는 뜻이었다.

'더 기쁜 소식은 〈룰루랜드〉의 제작 투자에 청월과 뉴 아트 필름이 참여했다는 것이지. 21세기 폭시사만큼은 아니지만 적지 않은 금액이 청월과 뉴 아트 필름에도 배당될 거야.'

지금까지도 하기진의 컨설팅으로 적지 않은 금액을 벌어들이고 있던 청월과 뉴 아트 필름이었지만 〈룰루랜드〉의 수익만큼의 금액을 한 번에 벌어들인 적은 없었다.

이 엄청난 수익은 정호가 언젠가 펼쳐질 한경수와의 대결에서 유용하게 사용할 수 있을 것이 분명했다.

'이제 몇 발자국만 더 가면 재력만으로는 한경수가 나를 찍어 누르지 못하는 상황이 될 거다. 아직 한경수가 등에 업고 있는 대기업에 비할 바는 아니지만 곧 그렇게 되겠지.'

그래도 여전히 한경수가 다른 한 손에 쥐고 있는 '암흑가'라는 힘에 맞설 수 없지만 이것만으로도 많은 발전을 이룩했다고 볼 수 있었다.

하지만 이런 사실들보다도 정호를 기쁘게 하는 것은 다른 부분이었다.

그것은 바로 끊임없이 청월과 정호를 괴롭혔던 큐 엔터테인먼트가 입을 다물었다는 사실이었다.

누구보다 신중한 성격을 가진 사람답게 곽 대표는 청월이 〈룰루랜드〉로 성과를 내자 입을 완전히 닫았다.

심지어 예중태가 '〈룰루랜드〉의 성공으로 할리우드의 진출 전망이 밝아졌는데 이 부분에 대해서 어떻게 생각하나?'라는 질문을 들고 곽 대표를 직접 찾아갔음에도 불구하고 곽 대표는 입을 열지 않았다.

예중태가 짓궂은 장난을 치고 있다는 걸 곽 대표 본인도 느꼈던 것이다.

'중태 씨만이 아니라 꽤 많은 기자들이 현재의 상황에 대해서 묻기 위해 선구자를 자처하던 곽 대표를 찾아갔지. 그 모든 기자들의 인터뷰에 곽 대표는 응하지 않았고.'

정호로서는 통쾌하지 않을 수 없는 상황이었다.

입을 다문다는 것 자체가 청월에게 한 수 밀렸다는 걸 인정하는 것이었기 때문이었다.

'하지만 이 정도로 멈춰서는 안 돼. 〈룰루랜드〉의 성공으로 영화 쪽으로 선두를 달리고 있는 청월이지만 선두를 굳히기 위해서는 다른 무언가가 하나 더 필요하다.'

정호는 현재 청월이 가진 약점을 확실히 알고 있었다.

그것은 바로 〈룰루랜드〉를 직접 만든 것이 청월과 뉴 아트 필름이 아니라는 사실이었다.

'언제든 상황이 호전되면 큐 엔터테인먼트는 이 부분을 물고 늘어지며 선두 자리를 내주지 않기 위해 노력하겠지. 상황이 좋을 때 완전히 격차를 벌려놔야 해.'

그리고 격차를 벌릴 방법은 한 가지뿐이었다.

'청월과 뉴 아트 필름이 할리우드급 영화를 만드는 것! 그게 다음 할 일이다!'

20장. 좋은 일과 나쁜 일

　문제는 할리우드에서도 통할 만한 영화를 찾는다는 게 말처럼 쉽지가 않다는 것이었다.

　뉴 아트 필름은 21세기 폭시사라는 울타리 안에서 꾸준히 성장을 해왔고 자본, 인재, 시스템 등 모든 게 어느 정도 갖춰진 상황이었다.

　한 번쯤 할리우드의 벽을 넘볼 만한 수준이 되었다는 뜻이었다.

　하지만 결정적으로 좋은 대본이 없었다.

　'한 달에 수십 작품이 뉴 아트 필름으로 들어오지만 그 작품들 중 성공을 기대할 만한 작품은 많지 않다. 심지어

그중에서도 국내 시장을 벗어나 영향력을 행사할 만한 작품은 거의 전무할 정도야.'

이전의 시간을 살아본 정호가 미리 겁을 집어먹고 내린 결론이 아니었다.

황태준과 뉴 아트 필름의 직원들도 같은 판단을 내리고 있었다.

다시 말해서 소위 전문가라고 할 수 있는 사람들이 모두 뉴 아트 필름으로 들어오는 작품들을 '국내용'이라고 판단했다는 뜻이었다.

'단순히 규모를 키우고 외국 배우를 쓴다고 할리우드급 영화가 되는 것이 아니다. 할리우드에서도 통할 만한 작품성과 흥행성을 동시에 갖춰야 해. 하지만 아쉽게도 뉴 아트 필름에 들어오는 대본 중에는 그럴 만한 영화가 없다.'

'작품성'이라는 측면에서 뉴 아트 필름에 들어오는 영화들은 충분했다.

오히려 '작품성'만 따진다면 이 영화들을 따라올 만한 영화는 많지 않아 보일 정도였다.

하지만 '작품성'과 함께 '흥행성' 부분을 고려하면 문제가 발생했다.

뉴 아트 필름에 들어오는 영화들은 '흥행성'을 고려할 때 대중을 폄하하는 경향이 없지 않았다.

신파, 통속, 억지웃음, 억지 감동의 코드가 난무했고 그러다 보니 대본을 보는 사람으로 하여금 불편한 감정을 느낄 수밖에 없게 했다.

'종종 작품성과 흥행성이 모두 고려된 좋은 작품들도 있었지만 그 작품들은 한국인의 감성에만 호소하는 경향이 컸다. 세계적인 작품이 되기 위해서는 조금 더 넓은 범위에서 허용 가능한 감성을 담을 필요가 있어.'

하지만 아쉽게도 이런 작품은 뉴 아트 필름에 들어오지 않았다.

어쩌면 당연한 결과였다.

뉴 아트 필름은 아직 세계무대에서 실력을 증명하지 못한 영화 제작사였다.

다시 말해서 세계에 통할 만한 실력 가진 많은 감독들과 시나리오 작가들은 21세기 폭시사 같은 대형 영화 제작사에 노크를 하고 있다는 얘기였다.

'21세기 폭시사가 보내준 대본 중에는 여운이가 출연해도 좋을 만한 영화들이 다수 포진되어 있었다. 이 작품들을 가져와 뉴 아트 필름에서 제작할 수 있다면 좋겠지만 그게 가능할 리가 없지.'

아무리 협력 관계에 있다고 하지만 21세기 폭시사가 바보가 아닌 이상 뉴 아트 필름에 대본을 넘길 이유가 없었다.

그건 제 손으로 경쟁자를 키우는 꼴이기 때문이었다.

'결국 직접 찾아봐야 한다는 건데…… 수십 명의 할리우드급 감독들이나 시나리오 작가들과 접촉했지만 긍정적인 답변을 준 쪽은 없었다.'

아직 할리우드에 본인들의 능력을 제대로 증명한 바 없는 뉴 아트 필름에게는 엄연한 한계가 존재할 수밖에 어쩔 수 없었다.

'휴, 쉽지 않군……. 이렇게나 벽을 높을 줄은 몰랐어…….'

쉽지 않은 상황은 계속됐다.

좋은 대본을 손에 넣기 위해 다양한 방법을 모색했지만, 그 시도들은 번번이 실패했다.

특히 닉 리먼드의 소개를 받아 접촉한 할리우드급 영화 감독 나뉴엘 부스토스의 영입을 실패한 것이 결정적이었다.

나뉴엘 부스토스는 아르헨티나에서 꾸준히 성장하여 〈전쟁, 그리스〉, 〈한계의 알약〉, 〈결정적인 승부〉 같은 작품으로 할리우드에서 실력을 증명한 감독이었다.

정호와 뉴 아트 필름은 나뉴엘 부스토스의 신작 대본을

읽고 굉장히 놀랐다.

나뉴엘 부스토스의 신작은 성공을 확신할 만한 엄청난 작품이었기 때문이었다.

그래서 정호와 뉴 아트 필름은 사활을 건다는 느낌으로 할리우드에서도 흔히 나오지 않는 금액과 조건의 계약을 제시했다.

계약은 성사가 될 것만 같았다.

그만큼 분위기가 좋았고 상황이 잘 풀리고 있었다.

그때였다.

계약이 성사되기 직전, 나뉴엘 부스토스가 갑자기 다른 대형 영화 제작사에게 히치하이킹을 당해 버렸다.

나뉴엘 부스토스가 떠나며 이런 말을 남겼다.

"여러분들이 후원을 약속한 금액과 조건들은 충분히 매력적이었습니다……. 다만 지금까지 보여준 뉴 아트 필름의 행보가 미진하다는 부분 때문에 어쩔 수가 없었어요……. 이해 부탁드립니다……. 정말 죄송해요……."

씁쓸하지만 받아들일 수밖에 없는 현실이었다.

좋은 대본을 가진 할리우드급 감독 입장에서는 뉴 아트 필름이 구멍가게처럼 보일 테니 말이다.

어쨌든 정호와 황태준은 이 일을 계기로 의욕이 많이 꺾인 것이 사실이었다.

나뉴엘 부스토스의 존재는 계속되는 실패로 어려움을

겪고 있을 때 간신히 부여잡은 동아줄 같았기 때문이었다.

특히 할리우드급 감독의 가능성에 누구보다 기대감에 부풀어 있던 황태준의 실망감이 컸다.

어느 날, 황태준은 속상했는지 술에 잔뜩 취해서 이런 말을 하기까지 했다.

"저, 한국으로 돌아갈래요……. 할리우드는 아직 저에겐 무리였나봐요……."

속상하기는 정호도 마찬가지였지만 정호는 황태준을 최선을 다해서 위로했다.

"조금만 힘내자. 조금만 힘내 보자. 응, 태준아?"

이건 황태준만이 아니라 정호가 스스로를 위로하기 위해 꺼낸 말이기도 했다.

그만큼 정호도 현재의 상황에 낙담하고 있는 중이었다.

큰 기대감이 불러온 큰 실망감이 문제였다.

제대로 취했는지 황태준이 발작을 일으키듯 자리에서 일어나 소리쳤다.

"싫다고요! 너무 힘들어요! 그냥 여운이는 21세기 폭시사에서 만드는 영화에 출연시켜 주세요! 뉴 아트 필름은 할리우드에서 글러먹었어요!"

술에 취해 발악하는 황태준을 진정시키기 위해 정호가 황태준을 끌어안고 아이를 달래듯 말했다.

"아주 조금만 더 해보자……. 조만간 열리는 아카데미 때까지 아무 일도 일어나지 않으면 한국으로 돌아가자……."

정호 덕분에 어느 정도 감정이 진정됐는지 황태준이 울음 섞인 목소리로 말했다.

"아카데미까지 만이에요……. 딱 거기까지 만이에요……."

◇ ◆ ◇

세계 영화인들의 축제 아카데미 시상식.

예상대로 〈룰루랜드〉는 아카데미 시상식을 휩쓸었다.

〈룰루랜드〉는 단일 작품으로 촬영상, 미술상, 주제가상, 음악상을 받았는데 특히 이전의 시간에서는 받지 못한 작품상을 받은 것이 인상적이었다.

이전의 시간에서 아카데미 작품상을 받은 것은 〈블루 라이트〉였다.

하지만 이번에는 〈블루 라이트〉에 비해 〈룰루랜드〉의 흥행 성적이 너무나도 좋았기 때문에 작품상마저도 〈룰루랜드〉가 받을 수밖에 없었다.

또한 〈블루 라이트〉의 핵심 주제라고 할 수 있는 '차별적 시선에 대한 깊은 고찰'이 유미지의 존재로 〈룰루랜드〉

에도 어느 정도 드러나면서 〈룰루랜드〉가 작품상을 받은 결정적인 이유가 됐다.

정호는 작품상을 받고 기뻐하는 후트 셔젤을 보며 생각했다.

'아쉽군. 〈블루 라이트〉도 굉장히 훌륭한 영화인데 말이야. 그래도 각색상을 〈블루 라이트〉가 받고 남우조연상을 〈블루 라이트〉의 배우가 받았다는 점은 다행이라고 해야 할까.'

영화 자체를 사랑하는 정호로서는 기쁜 마음 한편으로 이런 생각이 들었지만 어쩔 수 없는 일이었다.

이전의 시간에서는 우열을 가리기가 힘들었지만 이번에는 확실히 〈룰루랜드〉가 더 좋은 영화였기 때문이었다.

'그나마 〈블루 라이트〉 같은 좋은 영화가 완전히 묻힌 것이 아니라는 점에 대해서 안도를 해야지.'

어쨌든 그 외에도 〈룰루랜드〉는 다양한 상을 받으며 아카데미 시상식을 휩쓸었다.

감독상을 후트 셔젤이 받았고 남우주연상을 댄 고슬링이 받았다.

또한 결정적으로 정호를 기쁘게 한 일이 있었는데 여우주연상을 유미지가 받았다는 점이었다.

여우주연상의 수상자로 유미지의 이름이 불리자마자 아카데미 시상식에서 특별 공연을 했던 밀키웨이의 다른 멤버들과 정호가 백스테이지에서 탄성을 내질렀다.

"와우!"

"꺄아악!"

"미지야!"

"대박이다, 미지 언니!"

유미지는 감격에 젖은 채로 댄 고슬링과 후트 셔젤과 차례로 포옹을 한 뒤 시상대에 올랐다.

그러고는 울먹거리는 목소리로 시상 소감을 발표했다.

"저는 형편없는 배우였습니다……. 스타가 되고 싶다는 욕심으로 연기를 시작했고 첫 작품을 제 손으로 말아먹을 뻔했죠……. 다행히 첫 작품이 망하지는 않았지만 자신감을 잃을 수밖에 없었습니다……. 그렇게 스타의 꿈을 포기하고 계약이 만료되어 인생의 어두운 곳으로 물러나야만 했을 때…… 제 손을 잡아준 사람이 있었습니다……."

눈물을 흘리며 감격의 젖은 얼굴로 말을 이어가던 유미지가 카메라에 시선을 또렷이 고정했다.

그러고는 입을 열었다.

"오 이사님…… 기억하시나요……? 리더의 짐을 덜어내고 진정으로 하고 싶은 일을 하라고 했던 것……? 오 이사님의 형편없는 배우가 드디어 여기까지 올라왔어요……. 그리고 지금 오 이사님께 너무나도 고맙다고…… 그때 꿈을 포기하지 않게 해줘서 너무나도 감사하다고 말하고 있어요……. 고맙습니다,

오 이사님……. 뮤지컬이라는 꿈을 꾸게 해주셔서……. 감사
합니다, 오 이사님……. 지금도 그 꿈을 계속 꿀 수 있게 해주
셔서……."

유미지가 수상 소감을 발표하자 우레와 같은 함성과 박
수가 쏟아졌다.

그럴 수밖에 없는 게 밀키웨이를 좋아하는 팬이라면 유
미지가 어떤 일을 겪었는지 누구나 알고 있었다.

그리고 밀키웨이는 그래미 어워드에서 올해의 앨범상을
받을 정도로 인지도가 높은 걸 그룹이었다.

다시 말해서 이 자리에 있는 대부분이 유미지의 과거를
알고 있다고 해도 과언이 아니라는 뜻이었다.

그런 유미지가 자신의 입으로 과거를 밝혔고 과거에 자
신을 도와준 인물이 있었음을 밝혔으니 이 자리에 모인 사
람들이 감동을 받을 수밖에 없었던 것이다.

유미지의 수상 소감을 듣고 감동을 받은 것은 다른 밀키
웨이 멤버들도 마찬가지였던 모양이었다.

신유나와 하수아가 소리 없이 눈물을 뚝뚝 흘렸다.

오서연도 눈시울이 붉어진 채로 정호의 어깨를 툭툭 건
드렸다.

'좋아요?'

정호가 고개를 돌리자 오서연이 입 모양으로 이렇게 물
었고 정호가 고개를 끄덕였다.

정호 역시 빨개진 눈을 하고 있었다.

◇ ◆ ◇

세계 영화인들의 축제 아카데미 시상식이 그렇게 끝이
났다.

유종의 미를 충분하다 못해 넘치게 거둔 결과였다.

3대 소속사에게 청월의 저력을 보여줬을 뿐만이 아니라
세계 영화인들에게 청월이 어떤 존재인지 알릴 수 있는 환
상적인 기회가 됐기 때문이었다.

하지만 마냥 기뻐할 수밖에 없는 상황이었다.

결국 끝끝내 아카데미 시상식이 끝날 때까지 뉴 아트 필
름이 할리우드에서 이렇다 할 성과를 거두지 못한 탓이었
다.

정호와 황태준은 한국으로 돌아갈 채비를 했다.

씁쓸함과 아쉬움을 남겨둔 채 이제 떠날 시간임을 정호
와 황태준은 알고 있었다.

모든 채비를 마치고 한국으로 돌아가기 전날, 정호와 황
태준은 마지막으로 술잔을 기울였다.

정호와 황태준은 숙소로 사용하는 호텔 근처의 바에서
독한 양주를 물처럼 들이켰다.

"아쉽습니다! 아쉬워요!"

황태준이 이렇게 소리를 질렀고 정호가 화답했다.

"아깝다! 나도 아까워!"

평소라면 취한 황태준을 보살피기 위해 적당히 조절하여 술을 마실 정호였겠지만 오늘만큼은 정호도 그럴 수가 없었다.

그만큼 지금의 상황이 아쉽게 느껴졌다.

'청월과 뉴 아트 필름이 힘을 합쳐 할리우드급의 영화를 만들 수 있었다면 영화 쪽으로도 청월을 넘볼 곳이 없게 되는 것일 텐데…….'

자꾸 이런 생각이 들었고 그럴 때마다 정호는 술을 마셨다.

그렇게 저녁 여섯 시부터 시작된 술자리가 밤 열 시까지 이어졌고 정호와 황태준이 완전히 취했다.

결국 정호와 황태준은 어깨동무를 한 채 비틀거리며 숙소로 돌아가야만 했다.

황태준이 어깨동무를 한 채 길거리에서 다시 한 번 소리를 질렀다.

"아쉽습니다! 아쉬워요!"

정호가 술에 취해 웃으며 황태준의 말에 화답했다.

"아깝다! 나도 아까워!"

그때였다.

길거리 옆으로 늦은 시간 공연을 준비하는 소극장이 눈

에 들어온 것은.

소극장 앞에 붙어 있는 〈레드, 월 스트리트〉라는 제목을 보는 순간, 정호는 술이 깨고 눈이 번쩍 뜨였다.

'어째서 이 제목이 여기에……? 그리고 이 포스터 는……?

매니지먼트 제왕

21장. 꿈을 좇는 것은 붉은 마음

정호는 술에 취해 비틀거리는 황태준을 데리고 소극장 안으로 들어갔다.

소극장의 분위기는 약간 스산했다.

굉장히 낡은 느낌이 들었고 실제로 겉으로 보이는 소극장 건물 자체에 녹이 슬거나 부서진 부분들이 쉽게 눈에 들어왔다.

건물 안으로 들어서자 폐부 깊숙이 들어오는 공기에도 약간의 습한 곰팡이 냄새가 섞여 있었다.

'밤 10시에 공연을 한다는 거 자체가 이미 모든 걸 말해주지. 극장의 상황이나 공연의 인기 같은 것을 말이야.'

정호는 이런 생각을 하며 소극장 건물 내부의 매표소 앞에 섰다.

때가 탄 옷을 입고 있는 매표소 직원이 껌을 씹으며 스마트폰을 들여다보다가 슬쩍 고개를 들었다.

표를 구매하는 손님을 보는 느낌이라기보다는 길을 묻는 사람을 바라보는 듯한 표정이었다.

정호의 느낌 그대로 매표소 직원이 물었다.

"길을 잃으셨나요?"

직원의 말에 정호가 대답했다.

"아닙니다. 표를 사려고요. 〈레드, 월 스트리트〉 두 장 주세요."

매표소 직원은 별난 손님을 다 본다는 듯 슬쩍 정호와 황태준을 슬쩍 바라봤다.

그러더니 정호와 황태준이 취했다는 것을 눈치 채고 고개를 끄덕였다.

취기로 인해 벌어진 일이라고 생각하는 모양이었다.

어쨌든 매표소 직원이 그렇게 표 두 장을 건넸고 정호는 표를 받아 황태준과 함께 관객석이 있는 곳으로 들어섰다.

황태준은 피곤한지 몸을 가누지 못하며 반쯤 졸고 있었다.

"태준아, 잠깐 일어나봐. 이것만 좀 보고 가자."

정호의 말에 황태준이 잠깐 눈을 떴다.

그러더니 주변을 둘러보다가 말했다.

"마지막 날을 불태울 공연인가요? 좋습니다! 달립시다!"

하지만 황태준은 자리에 앉자마자 다시 졸기 시작했고 공연이 시작될 쯤엔 완전히 잠이 들었다.

정호는 그런 황태준을 힐끔 쳐다본 뒤, 공연에 집중했다.

정호가 생각하는 그 공연이 맞는지 확신할 수 없는 상황이었다.

굳이 황태준이 일어나서 공연을 볼 필요는 없다는 뜻이었다.

'〈레드, 월 스트리트〉라는 제목이 완벽하게 일치하긴 하지만 어떨지는 실제로 봐야 알겠지. 제발 내가 기억하는 그 공연이기를……'

그사이 공연의 초반부를 지났고 마침내 정호가 아는 부분이 나왔다.

그때부터였다.

배우, 소품, 분위기 등의 모든 것들이 달랐지만 정호의 기억 속에 남아 있는 대사들이 쏟아지기 시작한 게.

'진짜인 건가……? 진짜 〈레드, 월 스트리트〉인 건가……?'

그리고 마침내 정호가 기다리던 〈레드, 월 스트리트〉의 명대사가 무대 위 배우의 입에서 흘러나왔다.

"꿈을 좇는 것은 붉은 마음. 아니, 어쩌면 마음이라고 부르기에도 모호한 것. 그게 당신에게 아직도 존재하나요?"

이 대사를 듣는 순간, 단 한 치의 의심도 품을 수 없었다.

정호가 아는 바로 그 〈레드, 월 스트리트〉였다.

◇ ◆ ◇

〈레드, 월 스트리트〉는 정호가 기억하는 명작 중의 명작인 영화였다.

〈블루 라이트〉의 감독 알렉스 젠킨스이 대본을 각색하여 연출한 〈레드, 월 스트리트〉는 한 동양인 여성의 삶을 유년 시절부터 노년 시절까지 그려낸 작품이었다.

〈블루 라이트〉의 시간 흐름과 비슷하여 '여자판 〈블루 라이트〉'라고도 불리는 작품이기도 했다.

'엄청난 작품이었지. 〈룰루랜드〉와 양분했던 아카데미를 그 해에는 홀로 독식했을 정도였으니깐. 〈블루 라이트〉로 작품상을 거머쥐었던 알렉스 젠킨슨이 심혈을 기울여 제작한 차기작다웠다고 할까?'

〈블루 라이트〉로 아카데미 작품상을 받으며 주목을 받긴 했지만 〈블루 라이트〉 당시 알렉스 젠킨슨은 단 두 편의 영화를 연출한 신출내기 감독에 불과했다.

그만큼 열정은 있었지만 자신의 작품 세계에 대한 확신은 없었고 그것이 알렉스 젠킨슨으로 하여금 마음껏 실력을 뽐낼 수 없는 이유로 작용했다.

하지만 〈블루 라이트〉의 작품상을 계기로 알렉스 젠킨슨은 자신의 작품 세계에 대한 확신을 얻었고 그 결과가 다음 해에 나타났는데 그게 바로 〈레드, 월 스트리트〉였다.

'잠깐 자기 복제 논란이 있긴 했지만 동양인의 여성의 시점으로 사건을 구성했다는 점이 〈레드, 월 스트리트〉를 〈블루 라이트〉와는 전혀 다른 영화로 만들었다. 무엇보다도 알렉스 젠킨슨이 스스로 고백한 바가 있듯이 알렉스 젠킨슨이 한 것은 각색과 연출뿐이었고.'

〈레드, 월 스트리트〉의 원작을 보지 못한 정호는 어째서 알렉스 젠킨슨이 그런 말을 했는지 완벽하게 이해하지 못했다.

그저 그런 말을 할 정도로 원작 작가의 대본이 훌륭했나, 하고 잠깐 생각을 했을 뿐이었다.

하지만 직접 〈레드, 월 스트리트〉의 원작을 보는 순간 어째서 알렉스 젠킨슨이 그런 말을 했는지 거의 100% 이해할 수 있었다.

'〈레드, 월 스트리트〉의 핵심이라고 할 만한 부분이 이미 원작에 들어 있다. 연극은 제작비와 경험 미숙의 문제로 부족한 점이 나타나고 있을 뿐이야. 특히 이 작품의 핵심이라고 할 수 있는 대사가 그대로 완성돼 있는 상태이기도 하고.'

정호는 〈레드, 월 스트리트〉의 원작 작가인 엠마 해리스를 직접 대면하고 싶어졌다.

알렉스 젠킨슨과 함께 〈레드, 월 스트리트〉를 영화판으로 각색한 엠마 해리스는 당대 최고의 시나리오 작가이자, 희곡 작가로 활동했기 때문에 미리 만나 친분을 쌓을 수만 있다면 좋은 인연이 될 것 같았다.

'이 공연이 끝나는 대로 엠마 해리스와 만날 방법을 찾아봐야겠군. 비행기 표를 취소해서라도……'

◇ ◆ ◇

다행히 비행기 표를 취소할 필요는 없었다.

공연이 끝나자마자 바로 엠마 해리스를 만날 수 있는 기회를 얻었기 때문이었다.

정호는 공연 내내 깊은 숙면을 취한 황태준을 관객석에 두고 혹시나 하는 마음에 소극장의 백스테이지를 찾아갔다.

워낙 조그마한 소극장이었기 때문에 정호를 저지하는 사람은 없었다.

중간에 연극 〈레드, 월 스트리트〉의 주연으로 무대에 올랐던 배우조차도 정호가 오늘 공연을 보고 〈레드, 월 스트리트〉의 팬이 됐다고 하자 정호를 굉장히 환영했다.

조디 허드라고 스스로의 이름을 밝힌 연극 〈레드, 월 스트리트〉의 주연 배우가 말했다.

"팬이라니 놀랍군요! 하루에 열 명이 공연장을 찾아와도 성공이라고 생각하는 저에게는 더없는 영광입니다!"

조디 허드가 진심으로 기뻐하자 정호도 기뻤다.

실제로 조디 허드는 썩 괜찮은 연기를 보여줬기 때문에 더더욱 그랬다.

"허드 씨가 이렇게까지 기뻐해 주시니 저도 좋군요. 그나저나 〈레드, 월 스트리트〉는 정말 대단한 공연이었습니다. 기회가 된다면 〈레드, 월 스트리트〉의 연출가님과 작가님도 만나보고 싶어요."

정호가 겸손하게 말하자 조디 허드가 기분이 좋았는지 호의적으로 대답했다.

"그건 어렵지 않을 거예요. 연출가와 작가는 동일인물이고 바로 옆에서 지금 집에 갈 준비를 하고 있는 중이거든요. 잠깐 대화를 나누는 것 정도는 어렵지 않을 거예요."

"오, 그런가요? 그렇다면 제가 그분을 만날 기회를 얻을 수 있는 건가요?"

조디 허드가 어깨를 으쓱하며 말했다.

"물론이죠. 엠마도 무척이나 좋아할 거예요. 자신의 연극에 대한 자부심이 굉장한 편이거든요. 따라와요. 내가 직접 소개해 주죠."

조디 허드가 앞장섰고 정호가 그 뒤를 따랐다.

옆방의 문을 열자 진짜로 엠마 해리스가 집에 갈 준비를 하고 있었다.

가방을 싸다가 조디 허드를 발견한 엠마 해리스가 입을 열었다.

"무슨 일이야, 조디? 화장 지우고 집에 갈 준비해야지. 술 먹자는 소리는 하지 마."

"걱정 마. 나도 일주일 내내 술을 먹을 정도로 이제 젊지가 않으니깐. 그나저나 이쪽을 봐, 엠마. 네가 무척이나 반길 손님을 데려왔어."

그렇게 말하며 조디 허드가 옆으로 살짝 물러났다.

그러자 정호의 모습이 드러났다.

정호가 정중히 인사했다.

"안녕하세요, 연극 〈레드, 월 스트리트〉를 보고 팬이 된 한국에서 온 오정호라고 합니다."

정호의 말에 엠마 해리스가 기쁜 기색으로 되물었다.

"오오, 팬이요?"

TV로 보던 모습보다 순수함을 간직한 엠마 해리스를 보며 정호가 미소를 지었다.

그러고는 말했다.

"네, 팬이요. 동시에 저는 청월 엔터테인먼트의 이사 오정호라고 하기도 합니다. 연극 〈레드, 월 스트리트〉에 대해서 자세한 얘기를 나누고 싶은데 시간이 좀 되실까요?"

정호의 말에 반응한 건 배우인 조디 하드 쪽이었다.

조디 하드가 놀라며 말했다.

"잠깐만요. 청월 엔터테인먼트라면 설마…… 밀키웨이와 유미지의 소속사인 그곳인가요?"

조디 하드의 말을 듣고 놀라기는 엠마 해리스도 마찬가지였다.

정호는 두 사람의 반응을 보며 왠지 일이 쉽게 풀릴 것 같은 예감이 들었다.

오랜만에 찾아온 성공에 대한 예감이었다.

미팅은 다음 달 오후 3시로 잡았다.

밤 10시에 시작한 공연은 거의 자정이 다 되어서야 끝이 났기 때문에 지금 대화를 나누는 것은 무리라고 판단했다.

무엇보다도 그대로 미팅을 시작한다면 영화 제작사의 대표인 황태준의 체면이 구겨질 가능성이 높았다.

황태준은 취할 대로 취해 도무지 정신을 차릴 생각을

하지 못하고 있었기 때문이었다.

또한 〈레드, 월 스트리트〉라는 제목을 보고 술에 깼다고 해도 여전히 술 냄새가 나기는 정호도 마찬가지였다.

당장 미팅을 하는 것은 여러모로 좋지 못했다.

그래서 미팅은 다음 날로 미뤄졌다.

다행히 엠마 해리스는 정호의 제안을 받아들였다.

"좋아요. 미팅은 내일 하도록 하죠. 술이 깬 내일도 오 이사님이 여전히 저를 만나고 싶어 한다면 말이에요."

그렇게 다음 날이 되었고 정호는 황태준과 함께 미팅 장소로 나갔다.

미팅 장소로 향하며 황태준이 물었다.

"그나저나 이럴 만한 가치가 있는 사람 맞아요? 비행기 시간을 뒤로 미룰 정도로?"

황태준의 질문에 정호가 답했다.

"물론이지. 엠마 해리스를 잡을 수 있다면 비행기 시간을 미루는 건 일도 아니야. 만약 오늘 미팅이 잘 풀린다면 비행기 표를 아예 취소할 거니깐 그렇게 알아."

정호가 단호한 어조로 말하자 황태준의 표정이 밝아졌다.

"오 이사님이 그렇게 말하시니깐 왠지 기대가 되는데요? 이렇게 단호하고 확신에 가득 찰 때 오 이사님은 실패를 한 적이 없으시잖아요."

정호가 피식, 웃으며 대답했다.

"혹시 또 모르지⋯⋯. 하지만 이번에는 느낌이 좋아. 반드시 엠마 해리스를 잡을 거야, 반드시."

"네, 기대하겠습니다."

미팅 장소로 약속한 LA 시내의 노천카페에는 엠마 해리스가 먼저 나와서 기다리고 있었다.

정호가 엠마 해리스를 향해 반갑게 인사했다.

"안녕하세요, 먼저 나와 계셨군요."

"반가워요, 오 이사님."

"네, 이쪽은 어제 잠깐 말씀드렸던 뉴 아트 필름이라는 영화 제작사의 황태준 대표라는 친구입니다."

정호의 소개에 황태준이 엠마 해리스에게 인사했다.

"반갑습니다. 오 이사님이 소개한 대로 뉴 아트 필름의 대표 황태준이라고 합니다."

"아, 그분이군요. 어제 공연 내내 깊은 잠에 빠져 있었던."

엠마 해리스의 말에 황태준이 민망해하며 대꾸했다.

"제 인생의 가장 큰 실수를 저질렀습니다. 오 이사님이 이렇게나 칭찬한 작품은 처음이었거든요. 제가 꼭 봤어야 했는데⋯⋯."

엠마 해리스는 기분 좋은 미소를 지으며 위트 있게 말했다.

"오늘 밤 10시에 또 하니깐 꼭 보러 와주세요. 어차피 관객이 없어서 늘 걱정이거든요."

황태준이 진지한 얼굴로 대답했다.

"꼭 그리하겠습니다."

그렇게 엠마 해리스와 황태준의 대화로 분위기가 풀렸고 세 사람의 대화 주제는 자연스럽게 업무에 관한 이야기로 넘어갔다.

정호가 긴 설명 끝에 원하는 바를 말하자 엠마 해리스가 대답했다.

"저는 좋아요. 영화로 만들어진다면 더 많은 사람들이 제 작품을 봐주겠죠?"

엠마 해리스는 긍정적이었다.

나뉴엘 부스토스와는 달리 기본적으로 기대감 자체가 낮은 상황이었다.

그러다 보니 청월이라는 이름이 상대적으로 통했고 덩달아 뉴 아트 필름도 믿음이 가는 것처럼 느껴지는 모양이었다.

그렇다고 엠마 해리스가 아무런 준비도 없이 정호와 황태준을 대면한 것은 아니었다.

"당신들에 대해서 찾아봤어요. 굉장히 인상적이었죠."

엠마 해리스의 말을 듣고 황태준이 긴장감 어린 기색으로 되물었다.

"그런가요?"

아무래도 이름값에 밀려 실력 있는 감독 나뉴엘 부스토스를 놓친 바가 있어서 자신감이 많이 떨어진 황태준이었다.

다행히 엠마 해리스는 황태준이 긴장했다는 걸 눈치 채지 못하는 것처럼 보였다.

엠마 해리스가 고개를 끄덕여 보인 뒤 말을 이었다.

"청월의 행보는 확실히 조디가 놀랄 만하다는 생각이 들더군요. 그래미 어워드의 올해의 앨범상을 휩쓴 밀키웨이나 〈룰루랜드〉로 여우주연상을 받은 유미지 양 정도는 저도 알고 있었지만 밀키웨이를 대스타로 발돋움시킨 청월의 행보가 무엇보다 눈부시더군요. 그중에서도 오 이사님의 이름이 자주 언급이 되었고요."

정호가 어깨를 으쓱하며 대꾸했다.

"운이 좋았죠."

정호의 말이 겸손이라는 걸 알았는지 엠마 해리스가 씨익, 웃어 보였다.

그러더니 화제를 돌렸다.

"하지만 저한테 더 인상적이었던 것은 사실 뉴 아트 필름의 행보였어요. 뉴 아트 필름이 〈추격의 도시〉의 제작사이던데…… 맞나요?"

〈추격의 도시〉가 영어식으로 발음이 되자 황태준이 반응했다.

"네, 맞습니다! 〈추격의 도시〉를 아시는군요!"

"무척이나 좋아하는 영화예요. 그 영화의 주연을 맡은 지해른 양과 박태식 군의 열렬한 팬이 되었을 정도였죠."

긍정적인 상황이었다.

보통의 경우, 청월과 뉴 아트 필름에 대한 사전 조사가 정호와 황태준의 입장에서 독이 되는 경우가 많았다.

웬만한 작품은 할리우드급 대형 제작사와 이미 협상 중이었기 때문이었다.

그런 까닭에 사전 조사를 하면 청월과 뉴 아트 필름은 비교 대상에 비해 언제나 이름값 부분에서 뒤처졌다.

그게 결정적으로 작용하여 매번 계약에 실패했고.

하지만 이번만큼은 달랐다.

앞서 밝힌 것과 마찬가지로 엠마 해리스는 할리우드급 대형 제작사와의 접촉이 전혀 없었다.

엠마 해리스의 〈레드, 월 스트리트〉가 부족하기 때문이 아니었다.

그저 청월과 뉴 아트 필름처럼 아직 이름을 알리지 못했을 뿐이었다.

그리고 이러한 상황이 정호와 황태준에게 기회를 만들어 줬다.

상황을 정리한 정호가 속으로 생각했다.

'동시에 엠마 해리스가 스스로 사전 조사를 함으로써 굳이 청월과 뉴 아트 필름을 어필할 필요도 사라졌다……. 다시 말해서 지금까지와는 달리 엠마 해리스는 사전 조사를 하며 청월과 뉴 아트 필름에 대한 믿음을 알아서 가지게 됐다고 볼 수 있지.'

모든 것이 긍정적으로 맞물려 돌아가면서 미팅은 순조롭게 진행됐다.

그리고 그다음 주, 수차례의 논의 끝에 정호와 황태준은 정식 계약으로 〈레드, 월 스트리트〉의 판권을 소유할 수 있었다.

◇　◆　◇

〈레드, 월 스트리트〉의 판권은 충분히 제 값을 주고 샀다고 볼 수 있었다.

21세기 폭시사의 웬만한 기대작과 비슷한 수준의 가격이 제시되었기 때문이었다.

〈레드, 월 스트리트〉의 가능성을 알고 있는 정호의 입장에서는 굉장히 양심적인 계약이었고 〈레드, 월 스트리트〉의 가능성을 알지 못하는 제3자로서는 조금 아쉬운 거래였다.

정호와 황태준의 계약 사실을 전해들은 21세기 폭시사의 부사장 토비 워커가 이렇게 말을 할 정도였다.

"저라면 아마 그 금액의 10분의 1에 해당되는 가격으로 〈레드, 월 스트리트〉의 판권을 구입했을 겁니다. 역시나 오 이사님은 다르시군요."

토비 워커의 다르다는 표현은 통이 크다는 뜻이 아니었다.

그건 정호의 양심적인 행동에 대한 칭찬이었다.

"토비가 〈레드, 월 스트리트〉의 공연을 한 번이라도 본다면 그런 말을 하지 못할 겁니다. 저는 가능성에 대한 확실한 투자를 했을 뿐이에요."

정호가 이렇게 말했고 토비 워커가 고개를 끄덕였다.

정호라면 어련히 잘할 거라고 믿는 토비 워커였다.

판권 계약 말고도 기쁜 소식은 또 하나 있었다.

그것은 바로 오랜 시간 미국에서 활동하며 기가 죽었던 황태준이 자신감을 되찾았다는 사실이었다.

이건 〈레드, 월 스트리트〉의 판권 계약만큼이나 기쁜 일이었다.

'앞으로 태준이가 해줘야 할 역할이 많다. 기운을 차려서 정말 다행이야. 게다가 〈레드, 월 스트리트〉를 굉장히 마음에 들어 하는 것 같기도 하고.'

엠마 해리스와의 첫 미팅이 있던 날, 황태준은 정말 〈레드, 월 스트리트〉의 공연을 보러 갔다.

사소한 약속 하나도 놓치지 않고 지켜서 엠마 해리스와의 계약을 성사시키겠다는 의지가 표명된 행동이었다.

하지만 이런 의도나 의지를 떠나 연극을 보고 난 황태준은 진심으로 감탄했다.

"반짝반짝 빛나는 가능성을 가진 작품이군요! 이런 공연을 하마터면 저는 평생 놓칠 뻔했어요!"

〈레드, 월 스트리트〉 공연을 본 황태준은 칭찬을 아끼지 않았고 판권을 따내기 위해 누구보다 노력했다.

그리고 〈레드, 월 스트리트〉의 판권을 따냄과 동시에 자신감을 회복할 수 있었다.

'좋아. 그럼 이제 태준이를 믿고 본격적으로 움직이기 시작해야겠다.'

이렇게 마음을 먹은 정호는 바로 행동을 개시했다.

토비 워커의 라인을 타고 〈블루 라이트〉의 감독 알렉스 젠킨슨에게 접촉을 한 것이었다.

21세기 폭시사로 들어온 작품을 넘기는 일은 할 수 없었지만 이 정도의 소개는 어렵지 않게 해줄 수 있는 토비 워커였다.

토비 워커는 적극적으로 나서서 알렉스 젠킨슨과의 자리를 만들어줬다.

그 덕분에 정호는 알렉스 젠킨슨과 가벼운 식사 자리를 가질 수 있었다.

'이전의 시간에서도 〈레드, 월 스트리트〉의 각색 및 연출을 맡았던 알렉스 젠킨슨이다. 다시 말해서 〈레드, 월 스트리트〉을 맡아줄 만한 가장 최적의 감독은 알렉스 젠킨슨이라는 뜻이야.'

다행히 식사를 하는 내내 관찰한 결과, 정호는 알렉스 젠킨슨이 굉장히 겸손한 인물이라는 걸 알 수 있었다.

겸손할 뿐만이 아니라 이전의 시간에서와는 달리 자신감도 완벽하게 회복하지 못한 기색이 느껴졌다.

'내가 알기로 알렉스 젠킨슨은 〈블루 라이트〉의 성공으로 인해 엄청난 자신감을 가졌는데. 그게 알렉스 젠킨슨에게 스스로의 작품에 대한 자부심을 심어 주기도 했고. 근데 지금은 조금 다른 느낌이군. 겸손하기만 한 게 아니라 자신감이나 자부심 같은 걸 전혀 찾아볼 수가 없어. 〈블루 라이트〉가 이번 아카데미에서 작품상을 타지 못한 게 영향을 끼친 것인가……'

정호는 이 부분에 대해서 알아보기로 했다.

알렉스 젠킨슨이 작품에 대한 자신감과 자부심을 가지지

못했다면 여러모로 문제가 생길 수도 있었기 때문이었다.

정호가 입을 열었다.

"〈블루 라이트〉는 정말 명작이었습니다. 제가 토비에게 이 자리를 마련해 달라고 부탁한 것도 〈블루 라이트〉를 인상 깊게 봤기 때문이었죠. 혹시 다음 작품도 〈블루 라이트〉와 비슷하게 가는 겁니까?"

정호의 질문에 알렉스 젠킨슨이 잠깐 멈칫했다.

그러더니 고개를 꾸벅 숙여 인사하며 대꾸했다.

"부족한 작품을 재밌게 봐주셔서 감사합니다. 하지만 다음 작품은 〈블루 라이트〉와 비슷하게 가지 않을 겁니다. 〈블루 라이트〉를 찍으면서…… 제 한계가 드러났다고 생각하거든요."

알렉스 젠킨슨의 대답을 들으며 정호는 확신할 수 있었다.

'자신감과 자부심을 얻지 못했군. 충분히 좋은 결과였는데 왜 그럴까……'

아카데미 작품상을 받지 못했지만 〈블루 라이트〉는 남우조연상과 각색상을 휩쓸며 좋은 작품임을 인정받은 상황이었다.

자신감과 자부심을 가졌으면 가졌지 이 정도로 작품 세계에 대한 전면적인 고찰을 할 상황은 아니라는 뜻이었다.

정호가 궁금함을 참지 못하고 왜 그렇게 생각하게 됐는지 물었다.

알렉스 젠킨슨이 신중한 기색으로 대답했다.

"사실…… 〈룰루랜드〉 때문이었습니다. 〈룰루랜드〉를 보니 제가 너무 진지하게 〈블루 라이트〉에 접근한 것이 아니었나, 반성을 하게 됐습니다. 〈룰루랜드〉는 〈블루 라이트〉와 같은 진지한 접근 없이 유미지 양의 존재만으로 제가 담고 싶어 하는 주제를 더욱 대중성이 있게 담았으니까요."

알렉스 젠킨슨의 말을 듣고 정호는 고개를 끄덕였다.

확실히 알렉스 젠킨슨이라면 그런 생각을 할 만하다는 생각이 들었다.

'알렉스 젠킨슨은 아직 겨우 두 편의 작품을 연출한 신출내기 감독이니깐……. 하지만 그렇다고 해도 이런 상황은 좋지 않다. 알렉스 젠킨슨의 장점은 대중성이 아니라 작품성을 향해 있기 때문이다.'

알렉스 젠킨슨이 대중성을 전혀 갖추지 못한 감독은 아니었다.

알렉스 젠킨슨은 분명 대중성을 갖추고 있었고 〈블루 라이트〉를 통해서 이 대중성이 전 세계적으로 통한다는 걸 분명하게 보여줬다.

하지만 알렉스 젠킨슨의 대중성은 일반적인 대중성과는 달랐다.

오로지 작품성을 통해서 드러나는 대중성이었다.

쉽게 설명하자면 차별적 시선에 대한 광활한 포옹력이 대중들에게 어필하는 측면이 있다는 뜻이었다.

'자신감과 자부심 없이 이런 대중성에 대해서 고민하면, 자칫 잘못하다가는 본인의 장점마저도 잃어버릴 수 있다. 이 부분을 확실히 상기시켜줘야 해.'

그나마 다행인 점은 〈레드, 월 스트리트〉에는 이러한 대중성을 충족할 만한 부분이 있다는 사실이었다.

그것은 바로 〈레드, 월 스트리트〉의 주인공 수안나가 청년 시절에 갖는 직업 때문에 갖는 대중성이었다.

가수를 꿈꾸던 제미교포 3세 수안나는 청년 시절 유명 가수와 사랑에 빠지는데 이때 노래 실력을 인정받아 유명 가수와 함께 여러 번 무대에 서는 장면이 있었다.

이 장면이 바로 정호가 생각하는 대중에게 어필할 수 있는 극적 장면이었다.

'원래라면 천천히 친해진 후에 〈레드, 월 스트리트〉의 대본을 보여주는 게 내가 생각한 계획이었지만 지금은 계획을 수정해야 할 때다. 자연스럽게 대본을 보여주자. 그리고 서로의 생각을 털어놓을 수 있는 시간을 가지자.'

마침 식사를 끝마친 정호와 알렉스 젠킨슨의 테이블 위에는 후식으로 와인 두 잔이 나온 상태였다.

진지한 얘기를 꺼내기에 나쁘지 않은 상황이라는 뜻이었다.

정호가 와인으로 살짝 입술을 축인 뒤 말했다.

"젠킨슨 씨의 의견은 충분히 일리가 있군요. 저는 젠킨슨 씨의 장점이 〈룰루랜드〉와 차별되는 작품성에 있다고 생각하지만 감독으로서 대중적인 측면은 충분히 고민되어야 할 필요가 있지요."

정호의 말에 알렉스 젠킨슨이 다시 한 번 고개를 꾸벅 숙이며 말했다.

"제 생각에 동의해 주셔서 감사합니다. 확실히 요즘 그 부분 때문에 잠을 이루지 못하고 있거든요."

"하지만 굳이 대중성을 확보하기 위해 작품성을 포기할 필요가 있을까 싶기도 하군요. 이런 부탁 어려울지도 모르겠지만 혹시 이 작품을 읽어주실 수 있을까요?"

정호가 품에 있던 대본을 꺼내 알렉스 젠킨슨에게 건네며 말을 이었다.

"〈레드, 월 스트리트〉라는 작품인데 작품성을 통해서 대중성을 확보한 케이스라고 생각해서, 제가 이번에 어렵게 판권을 사들였거든요."

알렉스 젠킨슨이 순순히 정호의 내민 〈레드, 월 스트리트〉의 대본을 받았다.

그러고는 자연스럽게 대본을 펼쳐서 읽으려다가 멈추고 말했다.

"음…… 저야 새로운 작품을 읽는 것은 늘 즐겁지만

이렇게 새로 판권을 사들인 작품을 보여주셔도 괜찮을까요?"

알렉스 젠킨슨에게 빙그레, 웃어 보이며 정호가 대꾸했다.

"물론입니다. 애초에 〈레드, 월 스트리트〉는 젠킨슨 씨의 〈블루 라이트〉를 보고 감명을 받아 판권을 사온 작품이거든요. 만약 젠킨슨 씨가 〈레드, 월 스트리트〉를 보고도 가능성이 없다고 생각한다면 빨리 접는 게 낫겠지요. 좋든 나쁘든, 말씀만 해주시면 저한테는 오히려 고마운 일이 될 겁니다."

정호의 말을 듣고 부담감을 덜었는지, 아니면 새로운 작품에 대한 호기심을 억누르지 못한 것인지 알렉스 젠킨슨은 고개를 끄덕거린 뒤 〈레드, 월 스트리트〉를 읽기 시작했다.

잠시 후, 〈레드, 월 스트리트〉를 단숨에 읽어낸 알렉스 젠킨슨이 고개를 들며 감탄사를 내뱉듯 입을 열었다.

"이건……!"

23장. 캐스팅 시작

알렉스 젠킨슨의 반응에 정호가 긴장하며 물었다.

"어떻습니까……? 괜찮나요……?"

알렉스 젠킨슨은 곧바로 대답하지 않았다.

잠시 숨을 고르더니 흥분을 가라앉히지 못하는 목소리로 말했다.

"도무지 이런 접근은 생각하지 못했습니다……. 이 작품은 〈블루 라이트〉와 비슷하면서도 전혀 다르게 세상을 관조하고 있군요. 제가 추구하는 작품성이 고스란히 들어가 있으면서도, 동시에 제가 고민하고 있던 대중성도 각 장면마다 임팩트 있게 처리했어요. 놀랍군요! 도대체 누가 이런 작품을 쓴 거죠? 연극 대본인 거 같은데 이 작품은 아직 극장에 올라가고 있는 건가요?"

결국 흥분을 멈추지 못한 알렉스 젠킨슨의 말이 길어졌다.

그 모습을 보면서 정호가 안도했다.

'됐다. 이 정도면 거의 반쯤 넘어왔어.'

이렇게 생각하며 정호가 말했다.

"아직 극장에 연극이 올라가고 있는 작품입니다. 하지만 작품의 연출 및 각색을 맡아줄 사람을 구하는 대로 연극 상연은 멈추고 원작자까지 작품을 영화화하는 데 힘을 쓸 예정입니다."

정호의 얘기를 들은 알렉스 젠킨슨의 눈빛이 달라졌다.

흥분 가운데에서도 침착함과 겸손함이 유지되던 알렉스 젠킨슨의 눈빛에는 어떤 열망 같은 것이 어렸다.

침을 꼴깍, 삼킨 뒤 알렉스 젠킨슨이 입을 열었다.

"아직 연출 및 각색을 구한 게 아니라면……."

"구한 게 아니라면?"

"저에게 기회를 주십시오! 제가 〈레드, 월 스트리트〉로 다시 한 번 제 작품 세계를 향해 도전장을 내밀 수 있도록 도와주십시오!"

정호는 대답 대신 진한 웃음을 지어 보였다.

알렉스 젠킨슨이라는 명장을 손에 넣는 순간이었다.

◇ ◆ ◇

신속한 동시에 철저하게 일을 처리하는 걸 선호하는 정호가 알렉스 젠킨슨에게 〈레드, 월 스트리트〉의 대본을 보여준 건 일종의 도박이었다.

동시에 시간이 없었기에 가능한 도박이기도 했다.

반복되는 미국에서의 실패로 정호에게는 시간이 부족한 상황이었다.

아라 엔터테인먼트를 꺾고 큐 엔터테인먼트를 주춤하게 만들었지만 아직 힛 엔터테인먼트가 건재했다.

다시 말해서 정호가 미국에서 시간을 소모하는 동안 힛 엔터테인먼트를 주축으로 한 3대 소속사의 견제가 다시 시작될 수 있다는 뜻이었다.

또한 영화 쪽으로도 청월은 아직 완벽한 상황이 아니었다.

큐 엔터테인먼트는 〈룰루랜드〉의 열풍이 걷히는 대로 〈룰루랜드〉를 청월이 직접 제작한 것이 아니라는 점을 꼬집으려 하고 있었다.

예중태는 자신의 정보력을 토대로 이러한 가능성에 대해서 지속적으로 경고했다.

확실히 이건 청월의 분명한 약점이었다.

정호는 서둘러 이 약점을 없앨 필요가 있었다.

그리고 그러기 위해서는 〈레드, 월 스트리트〉의 성공이 필수적이었다.

'빠르게 결판을 낼 필요가 있었다. 만약 자신감과 자부심이 결여된 알렉스 젠킨슨이 〈레드, 월 스트리트〉에 관심을 가지지 않는다면 기민하게 다른 감독을 구해야 하는 상황이었으니깐.'

다행히 알렉스 젠킨슨은 〈레드, 월 스트리트〉에 흥미를 보였다.

뿐만 아니라 〈레드, 월 스트리트〉를 통해 자신의 작품 세계를 증명해 보이겠다는 굳은 다짐을 하고 있기도 했다.

'괜한 자신감과 자부심보다는 굳은 다짐 쪽이 훨씬 더 좋다. 오히려 〈레드, 월 스트리트〉가 이전의 시간보다 더 좋아질 수도 있겠는걸?'

정호는 이렇게 추측했고 며칠 후, 추측은 확신이 됐다.

첫 만남을 가진 엠마 해리스와 알렉스 젠킨슨이 시작부터 환상의 호흡을 보였기 때문이었다.

〈레드, 월 스트리트〉로 자신의 작품 세계를 오롯이 표현해 보기로 굳게 마음을 먹은 알렉스 젠킨슨은 첫 만남에서 대뜸 대본부터 살펴보자고 했다.

"처음 만난 날 이러는 건 실례일지도 모르지만 해리스 씨와 함께 대본을 검토하고 싶습니다."

항상 겸손하고 수줍음이 많은 알렉스 젠킨슨답지 못한

271

태도였지만 이건 오히려 호재로 작용했다.

　다소 적극적이고 시원시원한 성격을 가진 엠마 해리스는 이런 식으로 작업이 진행되길 내심 바라고 있었던 것이다.

　"물론 좋지요! 대본 가져오셨나요? 혹시 몰라서 제가 한 부를 더 뽑아왔는데 드릴까요?"

　애초에 이럴 생각으로 나온 알렉스 젠킨슨은 당연히 대본을 가져온 상태였다.

　덕분에 엠마 해리스가 한 부 더 뽑아온 대본은 정호의 차지가 됐다.

　대본을 읽는 척하며 두 사람이 상의하는 내용을 엿듣던 정호가 속으로 생각했다.

　'이전의 시간에서 처음 몇 주간 두 사람은 성격적 차이로 트러블이 있었던 걸로 아는데 지금은 그런 기색이 전혀 없군.'

　사실 정호는 조금 긴장을 하며 오늘 자리에 나온 상태였다.

　첫 만남에서부터 엠마 해리스와 알렉스 젠킨슨이 성격적 차이로 갈등을 빚었다는 걸 알고 있었던 탓이었다.

　그리고 정호는 내심 갈등이 엠마 해리스의 적극적이고 시원시원한 성격과 알렉스 젠킨슨의 겸손하고 수줍음이 많은 성격의 차이에서 비롯됐을 거라고 추측했다.

하지만 막상 오늘 만난 두 사람은 그런 기색이 전혀 느껴지지 않았다.

오히려 오래 호흡을 맞춰온 사람처럼 자연스럽고 순조롭게 척척 의견을 주고받고 있었다.

그제야 정호는 상황을 제대로 추측했다.

'성격적 차이로 부딪혔다는 게 알렉스 젠킨슨의 과도한 자신감과 자부심 때문이었던 모양이군. 지금은 그런 것이 없으니 잘 통하는 거고.'

확실히 생각해 보면 알렉스 젠킨슨이 명장이라고 해서 엠마 해리스가 고개를 숙이고 들어가거나 아부를 할 스타일은 아니었다.

오히려 그런 태도가 옳지 않다고 당당하고 솔직하게 말할 성격이었다.

'어쨌든 이번에는 그런 말을 할 필요도, 그런 말을 들을 필요도 없게 됐다. 결과적으로 두 사람은 이전의 시간보다 더 좋은 호흡으로 훌륭한 〈레드, 월 스트리트〉를 만들 거야.'

정호는 이렇게 생각하며 눈을 반짝거리며 의견을 주고받고 있는 엠마 해리스와 알렉스 젠킨슨을 슬쩍 한 번 더 바라봤다.

마치 빛이 나는 것 같은 두 사람의 모습이었다.

한창 〈레드, 월 스트리트〉의 대본 작업을 이어 가던 때였
다.

정호의 걱정대로 〈룰루랜드〉의 열풍이 식자마자 큐 엔터
테인먼트가 행동을 개시했다.

국내에서 조금씩 하나의 여론이 형성되기 시작됐는데 그
건 바로 〈룰루랜드〉가 대단한 성공을 거둔 것은 사실이지
만 국내의 제작사가, 국내의 감독을 고용하여, 국내의 배우
로 성공시킨 할리우드급 영화는 〈로스트 퓨처〉뿐이라는 여
론이었다.

이건 SNS상에서 '명백한 팩트' 처럼 포장이 됐고 '명백
한 팩트' 라는 포장의 효과를 받아 사람들 사이로 급격하게
퍼져 나갔다.

하지만 면밀히 따져보면 이건 명백한 팩트가 아니었다.

핵심을 과대 포장한 이미지 전략에 불과했다.

'〈로스트 퓨처〉가 그런 상징성을 가졌다는 걸 인정하지
않는 건 아니다. 다만 국내의 감독이나 국내의 배우로 〈로
스트 퓨처〉를 성공시켰다는 건 그저 수식어에 불과해. 핵심
은 〈로스트 퓨처〉의 제작을 국내의 제작사 맡았다는 점에
있다.'

정호의 생각대로 〈로스트 퓨처〉가 상징성을 가지는 것은

국내의 제작사가 〈로스트 퓨처〉를 제작했다는 점 때문이었다.

국내의 감독이나 국내의 배우는 〈로스트 퓨처〉의 앞에서 큰 의미가 없었다.

먼저 국내의 감독들은 이미 해외에서 큰 성공을 거둔 사례가 많았다.

아카데미에서는 수상을 하지 못했지만 아카데미에 버금가는 많은 상을 휩쓴 바가 있었다.

다시 말해서 〈로스트 퓨처〉를 국내의 감독이 연출했다는 건 그다지 특별한 일이 아니라는 뜻이었다.

또한 국내의 배우가 〈로스트 퓨처〉의 성공에 큰 기여를 한 것도 아니었다.

오히려 그런 사례는 〈룰루랜드〉 쪽이라고 봐야 했다.

〈룰루랜드〉는 유미지라는 존재로 인한 세계적으로 엄청난 사랑을 받은 것이 분명했다.

그 결과가 아카데미의 작품상과 여우주연상이었고.

하지만 〈로스트 퓨처〉가 성공을 거둔 것은 국내 배우의 영향력 때문이 아니었다.

오히려 다수의 할리우드급 배우가 출연한 것이 〈로스트 퓨처〉의 성공에 더 큰 기여를 했다고 볼 수 있었다.

결국 〈로스트 퓨처〉의 상징성은 국내의 제작사가 할리우드급 영화를 만들었다는 데 있었다.

국내의 감독이나 국내의 배우 같은 이외의 요소들은 이러한 사실을 꾸미는 수식어에 불과했다.

하지만 큐 엔터테인먼트의 전략적으로 이 사실을 부각시켰다.

그 결과, 소문의 맹점을 지적하는 사람들보다도 '명백한 팩트'로 포장된 소문을 사실로 받아들이는 사람들이 더 많아졌다.

이번에도 어김없이 예중태가 정호에게 전화를 걸어 어떻게 대처할지 물었다.

"어떻게 할까요?"

정호가 침착하게 말했다.

"놔두세요."

예중태가 순순히 수긍했다.

"알겠습니다."

어쩔 수 없는 상황이라는 걸 정호와 예중태 모두가 아는 상황이었다.

괜히 이 상황에서 반응을 보였다가는 논란만 커질 것이 분명했다.

그것이야말로 큐 엔터테인먼트가 원하는 상황이었다.

'이럴 거라고 예측했지만 막상 실제로 겪으니 더 씁쓸하군. 어쩔 수 없지. 〈레드, 월 스트리트〉로 청월과 뉴 아트 필름이 저력을 가졌다는 걸 증명하는 수밖에……'

◇ ◆ ◇

국내가 소문으로 시끌벅적한 사이 엠마 해리스와 알렉스 젠킨슨은 〈레드, 월 스트리트〉의 대본 초고를 완성했다.

여기까지 걸린 시간은 딱 3주이었다.

정호의 예상보다 두 배나 빠른 엄청난 속도였다.

'대본의 초고가 완성됐으니 슬슬 움직여볼까?'

정호는 황태준에게 전화를 걸었다.

대본의 초고가 완성됐으니 배우들을 캐스팅하기 위해 움직여야 할 때가 됐기 때문이었다.

"태준아, 접촉한 배우들은 어떻게 됐어?"

"두 명 빼고는 모두 긍정적으로 검토해 보겠다고 답했습니다. 오디션이 시작되면 연락을 달라고 하더군요."

정호가 엠마 해리스와 알렉스 젠킨슨에게 접촉하는 동안 황태준이 놀고만 있었던 것은 아니다.

황태준은 21세기 폭시사의 도움을 받아 다양한 할리우드급 배우들과 접촉했다.

"젠킨슨 씨의 이름값이 대단하긴 대단한가 봐요. 맨몸으로 부딪혔을 때와는 비교도 안 될 정도로 배우들이 긍정적인 의사를 표명해 오더라고요."

황태준의 말에 정호가 고개를 끄덕였다.

"아무래도 그럴 수밖에. 대본 초고가 나왔으니깐 아마 더욱 많은 사람들이 관심을 보일 거야. 너도 봤지, 대본?"

"네, 오늘 배우 미팅 전에 읽어보고 몇 부 뽑아서 배우들한테 넘기기도 했어요."

"잘했어."

일 처리 하나는 확실한 황태준답게 배우 미팅을 무사히 해낸 모양이었다.

'짜식, 미국 생활에 완전 적응한 모양이군. 국내에서 떵떵거릴 수 있는 한 회사의 대표로서 쉽지 않았을 텐데……'

정호가 그렇게 속으로 흡족해하고 있을 때였다.

문득 황태준이 질문을 던졌다.

"그나저나 젠킨슨 씨한테 그거 물어봤습니까?"

"응, 뭘?"

"여운이를 〈레드, 월 스트리트〉의 주인공으로 쓰는 거요."

매니지먼트

제왕

황태준의 질문에 정호가 답했다.

"물론이지. 〈레드, 월 스트리트〉의 주인공 수안나 역은 사실상 여운이가 맡기로 얘기가 끝났다고 보면 돼."

사실 정호도 걱정하는 부분이었다.

청월과 뉴 아트 필름이 합작하는 영화에 출연시키기 위해 지금껏 스케줄을 미뤄왔던 강여운이었다.

그런데 만약 알렉스 젠킨슨이 강여운에게 주인공 역할을 맡기기 싫다고 말하면 정호로서는 여러모로 곤란한 처지에 놓일 수도 있었다.

하지만 다행히 알렉스 젠킨슨 측에서 먼저 다가와 정호

에게 캐스팅 권한을 넘겼다.

다만 영화 제작사 쪽에서 캐스팅을 해주는 대로 배우를 곧이곧대로 쓰겠다는 뜻은 아니었다.

배우를 물색하는 게 어려우니 캐스팅 제안을 정호에게 부탁하겠다는 뜻이었다.

"모를 리가 없겠지만 수안나는 정말 중요한 역할인데 잘 해낼 배우가 떠오르지 않더군요. 혹시 청월의 배우 중에 쓸 만한 배우가 있습니까?"

정호가 이런 기회를 놓칠 리 없었다.

정호는 고심하는 척하다가 말했다.

"혹시 〈포리너〉라는 영화를 봤습니까?"

"〈포리너〉라면…… 동양인 여성의 역경을 담았던 영화 아닙니까?"

"네, 맞습니다. 그 영화 〈포리너〉의 주연 배우였던 강여운 양이 저희 회사에 소속되어 있습니다. 상당히 좋은 배우죠."

정호의 말에 알렉스 젠킨슨이 대꾸했다.

"저도 기억하고 있습니다. 〈포리너〉에서 상당히 인상적인 연기를 보여줬죠. 강여운 양이 출연했던 〈라스트 위크〉도 잘 봤습니다."

"〈레드, 월 스트리트〉의 수안나 역으로 어떤 것 같습니까?"

정호의 질문에 알렉스 젠킨슨이 신중하게 생각한 뒤 대답했다.

"엠마에게 의견을 구하는 게 좋겠지만…… 저는 나쁘지 않을 것 같군요."

"그렇습니까?"

정호가 되묻자 알렉스 젠킨슨이 고개를 끄덕였다.

"네. 확실히 그만한 배우를 구하기가 쉽지는 않을 것 같군요. 하지만 반드시 엠마의 의견을 구할 필요가 있겠습니다."

엠마 해리스는 시나리오 작가로 〈레드, 월 스트리트〉에 참여하는 것이었다.

그런 까닭에 캐스팅에 대한 특별한 권한이 없었지만 그럼에도 불구하고 알렉스 젠킨슨은 엠마 해리스의 의견을 구하길 고집했다.

그건 그만큼 두 사람이 신뢰 관계를 형성하고 있다는 뜻이었다.

정호와 알렉스 젠킨슨은 함께 가서 엠마 해리스에게 강여운에 대한 얘기를 꺼냈다.

엠마 해리스가 긍정적으로 반응했다.

"강여운 양이라면 〈포리너〉에 출연했던 그 배우가 맞지요? 저는 찬성이에요. 〈포리너〉라면 〈레드, 월 스트리트〉와 흡사한 부분이 많은 영화잖아요."

그렇게 강여운을 캐스팅하는 쪽으로 가닥이 잡혔다.

하지만 워낙 절차를 중요시하는 알렉스 젠킨슨이었기 때문에 셀프 테이프를 보내고 오디션을 보기로 합의했다.

정호에게 자초지종을 전해 듣고 황태준이 말했다.

"그래서 여운이가 셀프 테이프를 찍는다고 난리를 쳤던 거군요."

"통화했어?"

정호의 질문에 황태준이 답했다.

"얼마 전예요. 셀프 테이프 찍어야 한다고 좋은 감독 좀 소개해 달라고 하더라고요."

"워낙 그런 쪽으로는 철저한 애니깐. 그래서 누구 소개해 줬어?"

"광 감독이요. 촬영은 아마 끝났을걸요?"

정호가 고개를 끄덕였다.

광 감독이라면 까다로운 알렉스 젠킨슨마저도 감탄할 만한 셀프 테이프가 올 것이 분명했다.

◇ ◆ ◇

2주 후, 셀프 테이프가 도착했고 강여운이 미국으로 건너와 오디션을 봤다.

강여운의 연기를 본 알렉스 젠킨슨이 자리에서 일어나

박수를 쳤다.

그러고는 더 생각할 것도 없다는 말했다.

"제 성격이 워낙 꼼꼼해서 맞춰주기가 쉽지 않았을 텐데 이렇게 미국까지 건너와 오디션을 봐주셔서 감사합니다. 〈레드, 월 스트리트〉에서도 잘 부탁드리겠습니다."

알렉스 젠킨슨의 말에 강여운이 이렇게 될 줄 이미 알고 있었다는 듯 대답했다.

"물론이죠. 저도 잘 부탁드리겠습니다."

그렇게 강여운의 합류가 확정됐다.

뿐만 아니라 이외의 배역들도 며칠 간격으로 진행된 오디션을 통해 합격을 통보받았다.

그중에서도 특히 눈길을 끈 것은 연극 〈레드, 월 스트리트〉의 주연 배우였던 조디 허드의 합류 과정이었다.

조디 허드는 수많은 배우 중에서 유일하게 오디션 없이 〈레드, 월 스트리트〉에 합류한 배우였다.

대본 각색 전, 연극 〈레드, 월 스트리트〉를 보러 갔던 알렉스 젠킨슨이 주연 배우인 조디 허드의 연기에 감명을 받았기 때문에 벌어진 일이었다.

"엠마, 저 배우가 당신의 친구라고 했죠?"

"네. 제 친구입니다. 성격이 무척이나 괄괄한 친구죠. 술만 조금 끊으면 더 좋은 배우가 될 것 같은데…… 늘 아쉬워요."

엠마 해리스의 말에 알렉스 젠킨슨이 고개를 저었다.

"아니에요. 한동안 술은 끊으면 안 되겠어요."

엠마 해리스의 영문을 모른다는 얼굴로 되물었다.

"네?"

그러자 알렉스 젠킨슨이 진한 미소를 지으며 대답했다.

"〈레드, 월 스트리트〉의 헤비 역을 저분에게 맡기고 싶거든요."

헤비는 알코올 중독자의 삶을 살아가는 수안나의 몇 없는 친구였다.

수안나의 장년기 삶에 지대한 영향을 끼치기 때문에 아주 중요한 배역이었다.

거의 수안나 다음으로 중요한 배역 중에 하나라고 할 수 있었다.

알렉스 젠킨슨의 말에 엠마 해리스가 무릎을 탁, 쳤다.

"좋은 생각이에요! 안 그래도 이 연극을 내리면 조디 허드의 밥줄이 끊길까봐 걱정이었는데 잘됐네요!"

그렇게 조디 허드까지 합류하면서 모든 배역의 배우가 결정됐다.

'초호화 캐스팅이라는 말이 아깝지 않을 엄청난 배우들이 합류했군⋯⋯.'

아닌 게 아니라 정말 대단한 배우들이 〈레드, 월 스트리트〉의 출연 명단에 이름을 올리고 있었다.

첫 번째 남자 친구 역(청소년기)에 빌리 스카스가드, 두 번째 남자 친구 역(청년기)에 채스턴 보스만, 세 번째 남자 친구 역(중년기)에 제임스 연, 네 번째 남자 친구 역(장년기)에 레오나르도 디카르타까지 핵심적인 남자 배우만 해도 이름이 너무나도 화려했다.

물론 이름이 화려하다고 해서 이 네 사람이 모두 멋지고 잘생긴 남자 친구로 나오는 것은 아니었다.

오히려 네 남자가 모두 주인공 수안나를 괴롭히는 역할이라고 할 수 있었다.

평생 수안나의 남자 친구가 되지 못하는 소꿉친구 데이먼만이 노년기의 수안나까지 진정으로 사랑한 유일한 남자였다.

데이먼 역할은 토마스 찰라멧이 맡았다.

'이외에도 실력파로 이름이 난 배우들이 대거 합류했다. 이 정도로 판이 커질지 몰랐는걸?'

그나마 다행인 점은 21세기 폭시사가 〈레드, 월 스트리트〉의 투자를 약속했다는 것이었다.

〈레드, 월 스트리트〉의 대본 초고를 확인한 많은 투자처가 뉴 아트 필름과 접촉을 했지만, 최종 투자처로 결정된 곳은 21세기 폭시사였다.

인연이라는 게 얼마나 중요한지를 보여주는 대목이었다.

'21세기 폭시사의 투자가 확정된 이상 어차피 자금 쪽으로는 전혀 문제가 없어. 그렇다면 배우들의 이름값으로 어느 정도의 화제는 일으켜야지.'

◇ ◆ ◇

〈블루 라이트〉 때부터 함께했던 주요 스태프들도 〈레드, 월 스트리트〉라는 배에 승선했다.

뿐만 아니라 뉴 아트 필름에서 파견한 스태프들 역시 다양한 이유로 구멍이 난 공간을 메우기 위해서 분주하게 뛰어다녔다.

그렇게 모든 준비가 끝났다.

이제 사람들이 기다리는 것은 〈레드, 월 스트리트〉의 최종 대본뿐이었다.

'최종 대본은 촬영 콘티와 동시에 완성된다고 했지?'

알렉스 젠킨슨은 촬영 콘티도 대본의 일부로 생각하는 스타일의 감독이었다.

장면 간의 여백을 시적으로 잘 활용하는 알렉스 젠킨슨다웠다.

'촬영 콘티와 대본이 한 쌍으로 완전히 묶이는 건가? 신기한데? 어떤지 어서 보고 싶군.'

정호의 호기심은 얼마 지나지 않아 충족됐다.

〈레드, 월 스트리트〉의 최종 대본이 드디어 나왔기 때문이었다.

전체 대본 리딩을 위해 한자리에 모인 배우들은 최종 대본과 촬영 콘티를 받자마자 감탄했다.

"이런 대본이라니……!"

"이렇게 여백까지 아름다운 대본은 처음이에요……!"

"여백으로 상상력을 제한하지 않으면서도 촬영 콘티로 구성력을 잡아내다니……. 놀라운 재능이군요……!"

놀라기는 강여운도 마찬가지였다.

"오빠…… 이게 말이 돼요……?"

"나도 놀랐다……."

그 자리에 모인 모두가 신출내기나 다름없는 알렉스 젠킨슨의 능력에 놀랐다.

또한 동시에 인간이라면 어쩔 수 가지고 있는 약간의 불안함마저도 바로 날려버릴 수 있었다.

그만큼 훌륭한 대본이 배우들의 손에 쥐어져 있었다.

정호가 속으로 생각했다.

'더 좋은 작품이 나올 거라고 생각하긴 했지만 이 정도일 줄은 몰랐다……. 세기의 명작이 탄생하는 걸 내 눈으로 직접 목격하는 건가…….'

〈룰루랜드〉도 물론 좋은 작품이었지만 그렇다고 해서 세기의 명작이라고 할 만한 작품까지는 아니었다.

냉정하게 말해서 〈룰루랜드〉는 한 해를 휩쓴 훌륭한 수작이라고 평가하는 게 옳았다.

유미지의 합류로 그보다는 더 높은 평가를 받게 되었지만 말이다.

하지만 정호가 받아 든 〈레드, 월 스트리트〉는 확실히 달랐다.

세기의 명작이 될 만한 작품이라는 찬사가 전혀 아깝지 않았다.

'아직 촬영이 시작되지도 않은 상황에서 설레발을 치는 것일지도 모른다. 하지만 이 최종 대본과 촬영 콘티대로 영화를 만들기만 한다면 분명 세기의 명작이 탄생할 거다!'

정호는 알렉스 젠킨슨이 최종 대본과 촬영 콘티대로 〈레드, 월 스트리트〉를 만들 수 있다는 것을 추호도 의심하지 않았다.

이전의 시간에서 알렉스 젠킨슨이 보여준 능력이라면 충분히 가능한 일이었다.

전체 대본 리딩은 순조롭게 끝이 났다.

최종 대본으로 바뀌면서 달라진 부분들이 있었지만 캐스팅된 배우들은 지금껏 충분히 캐릭터 연구를 한 상태였다.

또한 최종 대본이라고 해서 캐릭터가 통째로 사라지거나 성격이 완전히 돌변한 경우는 없었다.

대사 일부와 촬영 콘티 일부가 바뀌었을 뿐이었다.

그런 까닭에 배우들은 본인 연기력과 캐릭터 연구의 성과를 어렵지 않게 선보일 수 있었다.

'역시 다들 잘 준비해 왔네. 고르고 고른 배우들답게 좋은 대본에 어울리는 좋은 연기들을 보여줬어. 특히 그중에서도 여운이의 연기가 발군이군.'

말은 하지 않았지만 많은 사람들이 내심 강여운의 연기를 걱정했다.

강여운이 어떤 사람인지 잘 알고 있는 정호나 황태준과 달리 다른 할리우드의 배우들이나 스태프들의 입장에서 강여운은 대작의 주인공을 맡은 적 없는, 경험 적은 배우였기 때문이었다.

하지만 본격적인 대본 리딩이 시작되자 사람들은 다른 눈으로 강여운을 보기 시작했다.

그리고 잠시 후, 모두가 알렉스 젠킨슨에게 최종 대본과 촬영 콘티를 받았을 때처럼 놀란 눈을 할 수밖에 없었다.

그만큼 강여운은 완벽하게 수안나를 연기하고 있었다.

대본 리딩 도중 알렉스 젠킨슨이 이례적으로 입을 열어 강여운의 연기를 칭찬했다.

"역시나 강여운 양이군요! 엠마와 함께 상상했던 수안나가 제 눈앞에 있는 기분이에요! 그렇지 않나요, 엠마?"

알렉스 젠킨슨의 질문에 엠마 해리스가 답했다.

"저는 지금껏 제 친구 조디가 가장 완벽하게 수안나 역을 소화하는 줄 알았는데 아니었군요. 저도 놀랍답니다."

그러자 조디 허드도 끼어들었다.

"나도 놀라기는 마찬가지야. 내가 술만 끊으면 최고의 배우일 줄 알았는데 아니라니…… 계속 술이나 마시면서 헤비 역할이나 맡아야겠어."

조디 허드의 너스레에 다른 배우들이 호탕하게 웃음을 터뜨렸다.

강여운은 그렇게 본인의 실력으로 깨끗이 의심의 눈초리와 우려를 모두 날려버렸다.

강여운이 기분 좋게 웃으며 다른 할리우드급 배우들과 어울렸다.

그 모습을 보며 정호가 생각했다.

'많이 컸구나……. 내 품에서 날아가길 원했던 아기 새 같았던 게 엊그제 같은데…….'

이런 생각에 빠져 있는 사이 전체 대본 리딩이 끝났다.

오늘의 전체 대본 리딩이 만족스러웠는지 볼이 발그레해진 채로 강여운이 정호에게 다가왔다.

그러더니 물었다.

"어때요, 오빠? 오늘 저 괜찮았어요?"

어느새 다 커버린 강여운을 잠시 내려다보던 정호는 손을 뻗어 강여운의 머리를 쓰다듬었다.

"물론이지, 아주 훌륭했어."

25장. 북미 시장 홍보

〈레드, 월 스트리트〉의 촬영 현장 분위기는 무척이나 좋
았다.

〈룰루랜드〉 때처럼 늘 축제와 같은 분위기는 아니었지만
기본적으로 화기애애하고 편안한 분위기 속에서 촬영이 이
어졌다.

특히 주연 배우인 강여운의 상태가 촬영장 분위기에 많
은 영향을 미쳤다.

〈레드, 월 스트리트〉의 촬영이 마무리되고 알렉스 젠킨
슨은 뉴욕타임즈와 이런 인터뷰를 하기도 했다.

─뉴욕타임즈 : 촬영장 분위기는 어땠나요? 좋았나요?

당연히 좋다고 말하겠죠?

　—알렉스 젠킨슨 : 물론이죠. 좋았습니다. 특히 주연 배우인 강여운 양이 수안나로 어떤 삶을 사는가가 촬영장 분위기를 좌우했습니다. 강여운 양은 제가 아는 가장 훌륭한 배우 중 하나입니다. 극중 캐릭터와 완벽하게 일치되는 배우거든요.

　—뉴욕타임즈 : 극중 배역의 삶이 촬영장 분위기를 좌우했다라…… 흥미롭군요. 예를 들면 어떤 식인가요?

　—알렉스 젠킨슨 : 영화를 보신 분이라면 간단히 상상할 수 있을 겁니다. 청소년기 촬영 때는 현장에서 바람둥이와 사귀고 싶어 하는 수줍은 소녀와 같은 느낌이 났고, 청년기 촬영 때는 신분 상승을 꿈꾸는 한 여성의 열정적인 욕심이 드러났으며, 중년기 촬영 때는 성공과 실패의 갈림길에 놓여 있는 우울한 삶의 분위기가 났죠.

　—뉴욕타임즈 : 그렇게 말씀하시니 장년기 때와 노년기 때의 느낌도 듣고 싶은데요?

　—알렉스 젠킨슨 : 궁금하시다면 말씀드리죠. 장년기 촬영 때는 결혼을 통한 안정적인 삶을 꿈꿨지만 이혼을 당하고 마는 한 여성의 격렬한 슬픔이 분위기로 드러났죠. 노년기 촬영 때도 마찬가지였습니다. 그때는 자신의 삶에 '신분'이라는 족쇄를 씌운 스스로에 대한 강한 후회가 드러나 있죠. 그게 촬영장에 영향을 끼쳤고 다른 배우들이나 스태

프들도 강여운 양의 연기를 보면서 회한의 눈물을 많이 흘렸습니다. 저도 마찬가지고요.

—뉴욕타임즈 : 울보이셨군요. 어쨌든 시기별로 분위기를 설명해 주시니 영화 한 편을 다 본 것 같습니다. 훌륭한 설명이었어요.

—알렉스 젠킨슨 : 이런…… 영화를 아직 보지 않은 분들께는 어필할 수 없겠군요. 제가 내용을 전부 스포일러해 버렸으니까요.

—뉴욕타임즈 : 그래도 편집은 안 됩니다.

알렉스 젠킨슨이 나서서 이런 인터뷰를 할 정도로 확실히 촬영장의 분위기는 강여운이 압도하는 면이 있었다.

현장의 모든 배우들과 스태프들을 연기력으로 사로잡았고 〈레드, 월 스트리트〉에 출연한 할리우드급 스타들은 강여운의 연기력에 놀랐다.

빌리 스카스가드, 채스턴 보스만, 제임스 연, 토마스 찰라멧, 레오나르도 디카르타까지 강여운의 연기에 대한 극찬을 아끼지 않았다.

그중에서도 레오나르도 디카르타의 칭찬이 인상적이었다.

할리우드 3대장이라고 불리는 동시에 여러 영화를 직접 제작할 정도로 할리우드 영화계에 대단한 영향력을 행사하는 레오나리도 디카르타였기 때문에 그 칭찬이 인상적일 수밖에 없었다.

"연기로 저에게 압도적인 느낌을 주는 배우는 몇 사람이 되지 않았는데……. 〈레드, 월 스트리트〉의 촬영 내내 제가 강여운으로 태어나지 못했다는 게 아쉽고 또 아쉬울 뿐이었습니다……. 그만큼 강여운 양의 재능이 부러웠어요……."

자신의 씬 촬영을 모두 마치고 레오나르도 디카르타는 알렉스 젠킨슨에게 다가와 이렇게 말했다.

뿐만 아니라 위싱턴 포스트와의 인터뷰에서 이런 생각을 공식적으로 밝히기도 했다.

덕분에 〈레드, 월 스트리트〉는 개봉 전부터 엄청난 화제를 불러일으켰고.

'위싱턴 포스트와의 인터뷰는 홍보를 위한 수단이었겠지만 촬영 현장에서 레오나르도 디카르타의 칭찬은 진심이었다…….'

실제로 레오나드로 디카르타는 자신이 제작을 고려하고 있는 영화에 강여운을 출연시키고 싶다는 의사를 넌지시 정호에게 표해 왔다.

아직 대본조차 나오지 않은 작품이었기에 차차 생각은 해보겠다고 말은 해놨지만 레오나르도 디카르타가 그만큼 강여운을 인정하고 있다는 증거였다.

'가능하면 〈레드, 월 스트리트〉의 성공으로 성장할 뉴아트 필름의 영화에 출연하는 것이 좋겠지. 하지만 늘 그럴

수는 없는 법이다. 레오나르도 디카르타 영화의 출연도 충분히 고민해볼 만해.'

〈레드, 월 스트리트〉가 개봉 전부터 정호에게 다양한 가능성을 열어주고 있었다.

다가오는 개봉일이 무척이나 기대됐다.

◇　◆　◇

〈레드, 월 스트리트〉의 개봉이 한 달 남은 시점부터 본격적인 홍보 및 마케팅이 시작됐다.

먼저 국내에서는 제스터의 오프라인 매장이 바빠졌다.

큐 엔터테인먼트가 〈로스트 퓨처〉 때 사용한 바 있는 오프라인 매장 모니터 전략을 흉내 냈기 때문이었다.

'큐 엔터테인먼트로서는 울화가 터질 만한 일이겠지. 하지만 먼저 홍보 전략을 베낀 것은 너희들이다.'

게다가 정호는 국내에서의 홍보를 위한 한 가지 전략을 더 준비하고 있었다.

그것은 바로 각 예술 마을에서 펼쳐지는 '야외 시사회'였다.

과거라면 제스터 오프라인 매장 전략만으로도 홍보 및 마케팅이 충분했겠지만 지금은 아니었다.

오프라인 매장 전략은 신선함이 많이 떨어진 상태였다.

새로운 전략이 필요했고 그래서 선택된 것이 야외 시사회였다.

'단순한 야외 시사회가 아니다. 각 예술 마을의 특별한 축제와 콜라보레이션한 새로운 야외 시사회다.'

홍대 예술 마을은 〈레드, 월 스트리트〉의 이름을 딴 '예술 마을의 밤'이 진행될 예정이었다.

홍대 예술 마을의 초창기부터 꾸준히 진행해온 예술 마을의 밤이었지만 야외 시사회가 콜라보레이션되면서 더 특별한 축제가 될 것이 분명했다.

'SNS상에서는 예술 마을의 밤 축제 중 하나인 보물찾기에 대한 기대감이 높군. 홍대 예술 마을의 특별한 공예품을 공짜로 얻을 수 있는 기회니깐.'

반면에 회만 예술 마을은 〈레드, 월 스트리트〉의 성공을 기원하는 록 페스티벌을 열기로 했다.

야외 시사회에서 〈레드, 월 스트리트〉의 상영이 끝나면 곧바로 이어지는 록 페스티벌이었다.

특히 이번에는 해외의 유명 록스타들이 대거 회만 록 페스티벌을 참여하면서 많은 사람들이 기대를 하고 있는 상황이었다.

'일부러 록 페스티벌의 취지를 망치지 않기 위해 다른

건 준비하지 않았다. 대신 록 페스티벌을 오는 사람들에게
〈레드, 월 스트리트〉의 2인 동반 관람권을 주는 게 효과를
발휘하겠지.'

예술 마을의 두 축제는 젊은 세대 사이에서 최근 열렬히
각광받았기 때문에 대단한 홍보 효과가 기대됐다.

실제로 벌써부터 기대감이 굉장히 높은 상황이었다.

'오프라인 매장 전략부터 두 예술 마을의 콜라보레이션
야외 시사회까지. 청월의 홍보팀과 기획팀이 이 홍보 전략
들을 무사히 성사시키기 위해 최선을 다하고 있다. 분명 좋
은 결과가 있을 거야.'

◇ ◆ ◇

전략이 확실한 만큼 국내에서의 홍보 및 마케팅은 걱정
이 없었다.

정호가 걱정하는 것은 아무래도 북미 시장에서의 홍보
및 마케팅이었다.

'우선 알렉스 젠킨슨을 비롯한 〈레드, 월 스트리트〉에
출연한 할리우드급 스타들이 언론사와 지속적으로 인터뷰
를 하면서 영화의 홍보 및 마케팅에 힘을 쓰는 중이다. 하
지만 이것만으로 약해.'

이 부분에 대한 고민 끝에 정호는 21세기 폭시사와 상의를

하기로 했다.

북미 시장 쪽의 홍보 및 마케팅은 확실히 21세기 폭시사가 더 나을 수밖에 없었다.

갑작스러운 방문에도 토비 워커는 정호를 반갑게 맞이해 주었다.

"오 이사님, 오셨군요. 반갑습니다. 강여운 양이 오늘 워싱턴타임즈와 인터뷰를 한다고 해서 그쪽으로 가 계시는 줄 알았는데요."

"아, 그쪽은 다른 담당 매니저를 붙였습니다. 민 과장이라고 아시죠?"

토비 워커가 호탕하게 웃으며 대답했다.

"하하하. 민 과장님을 어떻게 모를 수가 있나요? 〈라스트 위크〉로 오랫동안 함께한 사이인데. 미국에 오셨다니, 조만간 식사 자리를 마련해야겠습니다. 〈레드, 월 스트리트〉의 홍보 및 마케팅 기간이 끝나고 틈이 생기면요."

"아닌 게 아니라 그 문제 때문에 상의드릴 것이 있어서 방문했습니다."

정호의 말에 토비 워커가 몸을 숙이며 집중했다.

"뭡니까? 뭐든 물어보세요. 21세기 폭시사가 〈레드, 월 스트리트〉에 투자를 한 상황인 만큼 필요한 게 있으시다면 뭐든 도와드리겠습니다."

정호가 손사래를 치며 말했다.

"뭔가가 필요한 게 아닙니다. 조언이면 충분한 상황이거든요. 21세기 폭시사에서는 보통 북미 시장에서 영화의 홍보 및 마케팅은 어떻게 진행하나요?"

토비 워커가 잠시 생각을 하며 말을 고르더니 대꾸했다.

"〈레드, 월 스트리트〉의 경우와 크게 다르지 않습니다. 유력 언론사와 인터뷰를 진행하고 TV 광고에 노출을 시킵니다. 그게 일반적이죠."

정호가 실망이 담긴 음색으로 되물었다.

"그렇습니까?"

그러자 토비 워커가 뭔가가 생각났다는 듯 대답했다.

"아…… 미국의 유명 토크쇼에 출연하는 경우도 없지 않죠. 그러고 보니 이 생각을 하지 못했군요!"

토비 워커의 생각에 정호가 긍정적으로 반응했다.

"토크쇼라…… 괜찮은데요?"

고개를 끄덕이며 토비 워커가 덧붙였다.

"말재주가 없는 연예인이라면 오히려 토크쇼 출연이 악영향을 끼칠 수도 있지만 강여운 양이라면 전혀 문제가 없을 것 같은데요?"

정호가 씨익, 미소를 지으며 긍정했다.

"물론이죠. 우리 여운이는 말만 잘하는 게 아닙니다. 잘 모르셨겠지만 노래나 춤도 무척이나 잘 추거든요."

의외였는지 토비 워커가 눈을 동그랗게 떴다.

"오, 그렇습니까?"

물론 강여운은 토크에만 강했다.

◇ ◆ ◇

처음 강여운은 정호에게 미국의 토크쇼에 출연하게 되었다는 소식을 들었을 때만 해도 별생각이 없었다.

코난 맥과이어의 유명한 〈코난 토크쇼〉라는 점이 약간 부담스럽기는 했지만 워낙 말재주가 뛰어난 강여운이었기 때문에 전혀 문제가 없을 거라고 생각한 것이었다.

실제로 토크쇼 내내 별다른 문제는 없었다.

대체로 버라이어티를 지향하는 한국의 예능에 비하면 오히려 편하다고 할 수 있는 분위기였다.

강여운은 기분 좋게 대화를 이끌어가는 코난 맥과이어의 진행을 따라 한국의 독특한 문화들의 소개와 〈레드, 월 스트리트〉의 홍보를 어렵지 않게 해냈다.

하지만 문제는 토크쇼의 중반부에서 시작됐다.

코난 맥과이어가 입을 열어 돌연 이런 질문을 했다.

"조사된 정보에 의하면 강여운 양이 밀키웨이 멤버들과 굉장히 친하다고 하더군요. 사실입니까?"

갑자기 왜 밀키웨이 얘기가 나오나 싶었지만 강여운은

301

사실 그대로 대답했다.

"친합니다. 밀키웨이 멤버들이 연습생이던 시절부터 친분을 쌓았죠."

그러자 코난 맥과이어가 진한 미소를 지으며 덧붙여 물었다.

"그렇다면 이것도 사실이겠군요. 강여운 양이 밀키웨이의 노래와 안무를 완벽하게 소화할 수 있다는데 사실인가요?"

강여운이 당황했다.

"네, 네?"

강여운의 당황에도 아랑곳하지 않고 코난 맥과이어가 매끄럽게 진행을 이어갔다.

"아닌 척해도 제 눈에는 다 보입니다. 강여운 양이 평소 얼마나 밀키웨이의 노래와 안무를 즐기는지. 무대 중앙으로 나와, 어서 보여주세요! 강여운 양의 환상의 노래와 춤 실력을!"

강여운은 등을 떠밀려 얼떨결에 무대 중앙으로 나왔고 무대로는 밀키웨이의 〈러닝〉의 간주가 흘러나왔다.

"어어, 이게 아닌데?"

그렇게 당황하고 있을 때였다.

강여운의 눈에 무대 바깥에서 미소를 짓고 있는 정호의 모습이 들어왔다.

'이 사람이 진짜…….'

강여운이 손을 번쩍 들며 소리쳤다.

"잠깐!"

〈8권에 계속〉